PR 9256 L35 J6 1990

LE JOUR EST NOIR
suivi de
L'INSOUMISE

Marie-Claire Blais

LE JOUR EST NOIR
suivi de
L'INSOUMISE

Boréal

Maquette de la couverture: Gianni Caccia
Illustration de la couverture: Hono Lulu

© Les Éditions du Boréal
Dépôt légal: 3e trimestre 1990
Bibliothèque nationale du Québec

Diffusion au Canada: Dimedia

Données de catalogage avant publication (Canada)

Blais, Marie-Claire, 1939-
Le jour est noir. Suivi de L'Insoumise
(Boréal compact; 19).
Éd. originale: Montréal: Jour, 1962.
ISBN 2-89052-357-8
I. Titre. II. Titre: L'Insoumise.
PS8503.B43J56 1990   C843'.54   C90-096452-9
PS9503.B43J56 1990
PQ3919.2.B43J56 1990

LE JOUR EST NOIR

Prologue

— *Et lui qui est-il? demanda Raphaël.*
— *Josué, c'est Josué, dit Marie-Christine.*

Marie-Christine regarde Raphaël debout, un pied dans l'ombre du cerisier. Elle pense qu'elle l'aimait mieux l'autre été. Il n'avait pas ces poings cruels et ces lèvres boudeuses. Elle pense aussi qu'elle s'ennuie à cueillir des cerises.

Raphaël traverse tout le soleil d'un bond et il se trouve penché du côté de l'ombre, là où Josué regarde Yance remplir son tablier de cerises et de fleurs.
— *On dit que tu es Josué?*
Josué lève la tête vers Raphaël. Yance contemple son tablier comme on s'agenouille devant une fontaine: elle aime ces couleurs douces et vivantes dans le vent chaud. Et Josué contemple la petite fille silencieuse sous ses longs cheveux.

— *On dit que tu viens d'arriver à notre école, dit Raphaël. D'où viens-tu?*
— *De la mer, dit Josué.*
— *Je veux dire avant, où habitais-tu?*
— *Près de la mer, dit Josué.*

Josué n'est pas à l'aise dans ses treize ans. Il est trop grand, trop sombre. Il grandit dans une grâce émerveillée qui n'est pas à lui, comme on marche dans le sommeil. Enfin, Yance le regarde. Raphaël rit sans savoir pourquoi et la lumière coule sur ses dents; un moment, l'enfant a des lèvres blessées.
— *On est bien, dit-il.*
Puis Raphaël mange des cerises en regardant le ciel. Il est plus grand que d'habitude quand il tend la nuque pour éviter de regarder ses camarades.
— *Geneviève a demandé de rentrer à cinq heures, dit Yance.*
— *Je suis trop vieux pour rentrer à cinq heures, dit Raphaël et il divise l'ombre avec son pied.*

Raphaël crache les noyaux de cerises loin de lui. Yance l'admire. Cela fait comme un geste d'homme. Marie-Christine vient et Raphaël voit ses genoux et ses pieds nus.
— *J'aimerais bien faire une promenade avec toi jusqu'à la rivière, dit Raphaël.*
Marie-Christine se penche et frotte son pied droit:
— *Je ne peux pas. J'ai une épine au talon.*
— *Ah! Si tu portais des souliers...*

— J'aime quand l'herbe fait du bien à mes pieds comme la pluie.

— Je voudrais faire la promenade avec toi, dit Raphaël.

Yance compte une poignée de cerises dans la main de Josué:

— Il a cueilli des cerises vertes.

Josué s'approche de Yance:

— Est-ce vrai qu'il n'y a qu'une rivière dans toute la ville?

Raphaël s'étire tandis que le haut de son visage sourit lentement:

— Est-ce vrai qu'il y a la mer là d'où tu viens?

— Oui, des maisons pour les pêcheurs, et la mer, et la brume, bien sûr.

— J'aimerais voir la brume, dit Yance.

Josué est un peu meurtri en dedans quand il parle de la mer. Mais on ne peut savoir pourquoi. Marie-Christine frotte toujours son pied nu.

— J'ai une épine dans le talon, dit-elle.

— Tais-toi, dit Raphaël.

L'enfant se tait. Et cela fait partie d'une tendre soumission puérile qui est pourtant une habitude de femme. Marie-Christine aime obéir aux regards de Raphaël.

— Tu seras malade, dit Yance.

Raphaël lève la tête et continue de manger des cerises en grimaçant.

— C'est samedi, aujourd'hui, dit Raphaël, on peut tout faire quand c'est samedi.

Le visage de Marie-Christine est un peu rose de fièvre ou d'après-midi:

— Raphaël, porte-moi jusqu'à l'arbre. Je voudrais m'asseoir dans le creux. J'ai trop mal pour marcher.

— Tu mens, dit Raphaël.

Yance se retourne vers Josué:

— Prenons les balançoires. Ils ont choisi l'arbre.

Ils sont debout dans les balançoires, à la droite du vent. Raphaël porte Marie-Christine jusqu'à l'arbre.

— Tu es fort, dit Marie-Christine.

Elle parle tout contre le visage du jeune garçon et il n'ose pas la regarder. Le creux de l'arbre est doux, plus joli qu'un banc d'école. Marie-Christine désigne du doigt une grosse branche:

— Et il y a aussi ce creux pour toi, mais il est un peu pourri.

— Tout l'arbre est pourri, dit Raphaël.

— Pourquoi as-tu cette drôle de voix quand tu parles de l'arbre?

— Je n'aime pas les arbres pourris. On dirait des morts.

Maintenant ils sont tous ensemble près de l'arbre. En se balançant debout, Yance et Josué peuvent atteindre les pieds de Marie-Christine et de Raphaël. Et l'air qui coule sur leurs bras et dans leurs cheveux est le même souffle tiède qui rafraîchit le front de Raphaël et de Marie-Christine. Josué se trouve plus en avant avec sa balançoire. Yance est triste de ne plus se balancer avec lui d'un rythme égal, d'un mouvement pareil: quand il est en avant, elle vole en arrière et elle n'entend plus ce qu'il dit. Josué brise l'équilibre de l'après-midi. Auprès de lui, on craint un malentendu, une querelle.

Elle arrête sa balançoire d'un coup de reins et se prépare à s'asseoir. Elle reprend le rythme exact. En poussant un peu avec les pieds, elle recommence à se balancer, tranquillement, à la manière de Josué.
— Josué est un bateau, dit Raphaël.
— Josué est un phare, dit Marie-Christine.
Josué ne les entend pas. Mais il aime sentir qu'il y a quelqu'un en bas, comme chez son père, quand la tempête battait à la fenêtre. Alors, on entendait les femmes et les hommes de la maison qui parlaient à voix chaude.
— Quand on dit «Mon pied est sanglant» au théâtre, les gens écoutent.
— Tu es stupide, dit Raphaël.
— Le soleil se couche, dit Marie-Christine.
Elle a vieilli sans le savoir. Elle a pris une voix pathétique. Elle joue.
— Tais-toi, dit Raphaël. Tu ne seras jamais comédienne.
— Et pourquoi?
— Je ne veux pas.
Elle se tait. Puis elle dit de sa voix gentille et sans mensonge:

—*Le soleil disparaît.*
—*Bien sûr, dit Raphaël.*

—*Josué, que feras-tu quand tu seras un homme?*
On a immobilisé les balançoires. Le jour s'achève. Yance pose sa joue contre la corde de la balançoire:
—*Dis, Josué, qu'est-ce que tu feras?*
—*J'aurai une maison dans la brume.*
—*Peut-être que je te visiterai.*
—*Les maisons de brume sont trop petites.*
—*Alors je me ferai mince comme une ombre.*
—*Alors tu viendras, dit Josué.*
—*Auras-tu des enfants? demande Marie-Christine.*
—*Non, je n'aurai pas d'enfants, dit Yance.*
Yance sourit gravement:
—*Peut-être, une toute petite fille pour Josué.*
—*Il faudra agrandir la maison. C'est dangereux à cause des marées. Ta petite fille mourra.*
—*Elle ne prendra pas beaucoup de place. Elle dormira sur mon épaule. Elle dormira dans ma main ouverte. Tu vois, comme cela...*
—*Alors, c'est très bien, dit Josué.*
Raphaël coupe l'écorce avec ses dents.
—*Tu auras des dents de loup, dit Yance.*
Marie-Christine se laisse glisser dans le creux de l'arbre. Elle est toute cachée dans les feuilles et on ne voit que son chapeau de paille, ses jambes, ses bras. Ses pieds nus remuent dans le vent.

— Je suis bien, dit-elle. Les feuilles ne me font pas mal.

— J'ai horreur de cet arbre pourri, dit Raphaël. Ne remue pas les jambes, ordonne-t-il.

Et elle obéit.

— Et toi Raphaël?

— Je suis un homme, dit Raphaël. C'est aujourd'hui que je fais ce que je veux.

— Et que fais-tu? dit Yance.

— J'irai à la guerre et je mourrai, dit Raphaël. Je mourrai peut-être jeune, comme mes parents.

— Tais-toi, dit Yance.

Yance secoue ses épaules comme une enfant révoltée. Josué l'admire secrètement.

— Notre père s'est suicidé pendant l'hiver, dit Raphaël.

Marie-Christine sort de la mousse. Ses cheveux brillent.

— Que disais-tu, Raphaël? Je ne t'entendais pas au creux de l'arbre.

— Rien, dit Raphaël.

Josué saisit la corde de la balançoire entre ses doigts et il la presse contre lui. Il ne pense pas aux paroles de Raphaël. Yance se balance si vite que Josué n'a pas le temps de surprendre le dessin de ses jambes et de son jupon. Elle est comme le vent.

Elle n'a plus de sourire.

— Pourquoi pleure-t-elle?

Ils se taisent. Marie-Christine saute de l'arbre.

— Faisons la promenade jusqu'à la rivière, dit-elle.

Josué se lève.

—*Yance, tu viens?*

Elle descend aux côtés de Josué qui cherche les larmes sur son visage. Il comprend que le vent les a brûlées.

—*Avec cette épine dans ton pied, tu ne pourras jamais me suivre.*

—*Je marcherai devant toi, dit Marie-Christine. Cela ne me fait pas mal.*

Raphaël la regarde de côté pendant qu'elle marche. Il l'observe sévèrement, avec une habitude de fatigue et de dédain sur les traits.

—*Tu ressembles à un garçon dans ce pantalon de velours, dit-il.*

—*Nous arriverons avant eux par la petite route, dit Marie-Christine.*

—*Mais le chemisier te va bien, dit Raphaël.*

Ils sont encore loin de la rivière.

—*Sais-tu comment mon père s'est donné la mort? dit Raphaël.*

Marie-Christine baisse son chapeau sur ses yeux. Ainsi gonflées d'ombres, ses lèvres sont gourmandes.

—*Comme il fait chaud, dit-elle.*

—*Le sais-tu, Marie-Christine?*

—*Comme il fait tiède.*

—*Marie-Christine...*

—*Et pourtant il fait aussi un peu froid.*

Elle sautille en marchant. Son chapeau de paille devient un capuchon léger.

—*Est-ce vrai, cette épine?*

— Non.
— Alors, tu mens?
— Oui.
— Mets tes souliers, dit Raphaël. Il y a des ronces.
— Je n'ai pas peur des ronces.
Raphaël regarde les mains de Marie-Christine. Elle a des mains fragiles et fuyantes comme les mains des petites filles riches. Des mains délicates et stupides. Il n'aime pas les mains stupides.
— Est-ce que tu vas devenir sotte comme toutes les filles de riches? dit Raphaël.
— On est si bien quand on est riche, dit-elle à voix tendre, comme une femme.
— Je ne veux pas que tu deviennes jolie, dit Raphaël.
— Ni moi, dit-elle.

Les paroles de Raphaël l'effleurent à peine; elle est impénétrable et frivole sous son chapeau de paille. Et elle n'a pas envie de vieillir. Maintenant il est tard. On le sent en soi. Marie-Christine se cache sous cette frivolité féminine qui consiste à vouloir oublier.
— Je m'ennuie, dit Raphaël.
Elle croise les bras. Une odeur de soleil se répand autour d'elle. C'est toujours ainsi. Voilà pourquoi Raphaël s'ennuie. Il s'approche de Marie-Christine. Il prend sa nuque entre ses doigts. Quand elle l'étonne d'un lent regard effrayé, il sent que c'est cela devenir un homme.

— *Je veux rentrer, dit-elle.*

Et plus il presse sa nuque, plus il approche de sa bouche, ce visage, tout ce visage, plus il comprend que le soleil éveille en lui un ennui douloureux. Il l'embrasse sur les lèvres. Elle le regarde fixement sans comprendre.

— *Tu ne sais pas encore? dit-il.*

Marie-Christine baisse les yeux. Rien n'est encore vrai. Elle ne sera pas une jeune femme. «Avant tout était si confortable.»

— *Rentrons.*

— *Non, dit Raphaël. Il est trop tard pour rentrer.*

Il est certain et fier. Interdite devant elle-même, Marie-Christine ne comprend pas.

Le jeune homme la serre contre lui, silencieusement.

— *Ils se sont perdus, dit Yance.*

Yance hausse les épaules pour se faire égale à Josué, fine comme lui et lorsqu'elle se trouve à la mesure de son compagnon, elle devient aussitôt à la mesure de la faiblesse qui est dans le cœur de Josué. Faiblesse du rêve. Il n'y a plus d'ombre et le soleil est lointain. Un vent mou précède les pluies.

— *L'orage vient, dit Josué.*

Il paraît long et fort mais il tremble comme un petit enfant.

— *Il pleut, dit Yance.*

Il regarde la rivière et il frémit de froid. Qui est Josué?

Une bête curieuse... Non, elle ne peut pas définir encore d'où vient l'âme de ce garçon.
— *Que fais-tu quand tu rentres chez toi?*
— *Ma sœur peigne mes cheveux et cela me fait mal aux tempes. Je n'aime pas rentrer.*
— *Attendons le brouillard, dit Josué.*
Josué prend la main de Yance entre ses doigts. Mais c'est un geste inconscient chez lui. Il ne pense pas à la main de Yance.
— *Marche avec moi, dit Josué.*
Elle retire sa main. Josué avance seul dans le brouillard. Il enlève ses souliers et court au bord de la rivière. Là, le sable se transforme en boue et noircit les chevilles.
— *Je rentre, dit Yance.*
Mais Raphaël et Marie-Christine arrivent en courant.
Raphaël ouvre la bouche et boit la pluie.
— *Tu as fait pleurer Marie-Christine, dit Yance.*
Marie-Christine essuie sa joue d'un geste du poignet:
— *Je n'ai rien.*
Raphaël regarde les nuages.
— *Une épine, ce n'est rien, dit Marie-Christine.*
Et elle pleure, visage nu. Elle a de brusques sanglots et de brusques silences: elle se demande pourquoi elle pleure tant. Et elle recommence sans pudeur, libérant une terrible volonté enfantine, ce chagrin demesuré qui n'appartient plus à un corps intact ni à une âme fraîche.
— *Où est Josué? demande Raphaël.*

— Dans le brouillard, dit Yance.

Raphaël tourne le dos aux petites filles et allume une cigarette. Quand il relève la tête, son visage a un masque de traits saisissants et nouveaux:

— Tais-toi, dit-il à Marie-Christine.

Peu à peu elle se tait et regarde Raphaël, entre les paupières, comme un chat. Elle ignore qu'elle a profondément pitié de lui. Le drame est là, tout contre son cœur et elle ne veut pas encore. Elle repousse la jeune fille qu'elle est devenue malgré elle, éloignant Raphaël de ce monde instinctif et farouche.

Josué revient du brouillard. C'est un enfant étranger. Raphaël prend le poignet de Marie-Christine. Tout a été accompli.

Toujours elle se souviendra de cette gravité monstrueuse qu'elle vient de subir. Elle se sent quelque chose de répandu, d'ouvert à tous.

— Tu as froid? demande Raphaël.

Elle se mord les lèvres et ne dit rien.

— Tu as peut-être chaud, dit Raphaël.

Il lâche son poignet et marche devant elle:

— Je rentre, dit-il.

Il s'éloigne. Marie-Christine croit avoir abandonné toute sa vie dans cette journée limpide. Elle est un cri vivant et sa solitude pèse à son ventre et à ses seins. Et cette solitude elle-même est inconnue. Yance regarde Josué. Il a préféré le brouillard à ses paroles. Il a préféré la rivière à son amitié, mais Yance veut protéger ce garçon...

Il y a deux petites filles déçues dans le soir. Les illusions tombent comme les feuilles mortes.
— Soyez sages, dit Geneviève, j'endors Nicolas.
— Aujourd'hui je ne suis pas rentré à cinq heures, dit Raphaël.
Geneviève continue de bercer l'enfant. Raphaël observe la femme et l'enfant. Douloureusement d'abord, puis avec surprise:
— Chante, dit-il.
Et Geneviève obéit:

>Le vent est lourd ce soir, Agneau
>J'ai perdu mon chemin en rêvant,
>Ferme les yeux, ce soir, Agneau...

Raphaël avait oublié comment on endort un enfant. Et Yance connaît la chaleur qui a assombri et réconforté son âme, à cinq heures, dans la balançoire. Une sécurité éphémère comme la présence de la fièvre dans un corps trop seul: la souple chaleur de la vie.
Elle écoute la voix de Geneviève et elle admire son visage tranquille. Elle n'a plus le vertige auprès de Raphaël, dans le grand fauteuil. Et depuis cinq heures, Raphaël est un homme. Avec cet homme dans la maison, elle sera comme toutes les petites filles ensoleillées qui oublient la solitude des matins et des nuits. Geneviève couche l'enfant et éteint la lampe. Le silence pénètre la chambre, le silence est une odeur...

Geneviève caresse les deux nuques, d'une main distraite, semant la tendresse dans une vague austérité. Raphaël frissonne. Il a caressé la nuque de Marie-Christine aujourd'hui.
— *Je serai chassé du collège, dit Raphaël.*
Mais il s'éloigne aussitôt de ses sœurs et descend à sa chambre.

Yance se laisse peigner et s'efforce de préciser en elle pourquoi elle a tant changé depuis l'après-midi. Il y a eu Josué. Ce n'est pas si mélancolique, après tout, une balançoire qui se trouve en retard sur la balançoire voisine.
— *Et les cerises?*
— *Belles.*
— *Et le soleil?*
— *Froid. Oh! Tu me fais mal, je me ferai couper les cheveux.*
Elle offre aux brosses des tempes bleuies et une chevelure humide de brume. Habitués à ce désordre, les doigts de Geneviève écrasent des mouvements rapides dans ces cheveux insouciants.
— *Marie-Christine n'est plus Marie-Christine, dit Yance.*
— *Et la rivière?*

Yance a son visage de demain, dans son visage d'aujourd'hui.

La rue est longue. On dirait qu'elle n'a plus de fin, comme le ciel.

—*Je le savais bien, dit Raphaël.*
—*Pourtant, tu commençais à être raisonnable.*
—*Ils ne veulent plus de moi, dit Raphaël.*

Il fait voler les cailloux du bout de ses souliers. Il fume en marchant et épie les groupes de jeunes filles qui sortent des pensions.

—*Je m'ennuyais. C'est une mauvaise école. Je veux partir.*

Puis il baisse les yeux sur les pas de sa petite sœur.

—*Marie-Christine n'est pas venue à l'école depuis l'autre samedi, dit Yance.*
—*Elle est peut-être malade, dit Raphaël.*

Yance ferme les yeux.

—*Allons, tu ne vas pas pleurer parce que je pars, dit Raphaël.*

Et il marche droit et seul et son pas est large, profond...

Première partie

« Il n'y a pas de jeu, dit-il, je suis né comme ça, en petits morceaux, en poussières. Pour me voir, il faudrait un œil à facettes comme les mouches, et toute ma génération me ressemble. »

Bernanos, *Un Mauvais Rêve*

Ce soir, je sens qu'il est merveilleux d'être une femme. Je pense à Josué avec un cœur nouveau: j'espère en lui.

Josué médite près du feu. Ainsi, je pense qu'il s'est révélé à moi dans une douce langueur et que, même liés, nous sommes libres. Il a vingt ans, j'en ai dix-sept. Il est mon amant depuis six mois et je n'ai pas su éprouver cette fascination auparavant: il est devenu frère de mon corps et de mes sens dans une timide tendresse abandonnée comme il est devenu frère de mon esprit. Et à travers cette fraternité parfois lointaine, nous avons gardé notre solitude et nos rêves étrangers. Soudain, une force mystérieuse me rapproche de lui. Bientôt nous serons trop amants pour être libres encore.

Il travaille à sa dissertation. C'est ainsi que je le vois chaque jour penché sur ses livres, au collège, mais je n'ai jamais remarqué cette veine rapide à son front, ses joues un peu roses quand il réfléchit durement. Une angoisse tranquille voile ses traits et assombrit son regard: souvent, il ne reste pour moi que la souffrance d'un visage toujours avide de se fermer.

— Josué...

Mais dès qu'il lève vers moi son pauvre regard que je connais si bien, j'ai conscience du déchirement silencieux qui le menace. Pourquoi Dieu a-t-Il créé des être lointains et proches comme Josué? Des hommes, lointains dans l'amour et proches dans la souffrance? Pour eux, il n'y a pas de siècle, partout et avec tous, ils sont en exil. Je suis responsable de Josué; des inconnus l'ont blessé et d'autres le blesseront; j'ai le vertige en songeant qu'il pourrait souffrir avec moi aussi. Je sens qu'il a été déçu dans d'autres amours. Une parole désabusée me le dit parfois. C'est tout. Il ne désire pas me taire sa vie, mais peut-être, avec une pudeur naïve, entretient-il une affection désespérée pour tous ceux qui lui ont fait mal. Il est sûr de moi. Je ne suis jamais certaine de lui: voltigeur d'inconnu, il peut me quitter et revenir. Il sait que j'ai fait de lui le but de ma vie. Josué n'a pas de but, lui, ou plutôt, il les a tous. Il s'attache démesurément aux êtres et aux souvenirs, et sa dangereuse capacité de répandre ses sentiments m'étonne. Il se croit responsable de tout aimer et il a la certitude que Dieu l'a rejeté. Je souffre de le voir s'entourer de délire et de remords. Et je le porte, cette nuit. «Oh! Deviens souple et lumineux, je serai lasse... demain.»

Je caresse son front du bout de mes doigts:
— Tu as la fièvre...

Je l'embrasse dans les cheveux. Il est immobile contre mes jambes et je sens un désir éthéré de tout son être. Je préfère ne pas lui en parler. C'est une vérité si simple! Jusqu'à maintenant, j'ai été très consciente, je crois, du désir, en lui et en moi, mais je n'ai pas connu cette extrême tendresse qui s'épanouit au cœur même du désir.

La nuit sera avancée quand Josué parlera de rentrer chez lui, Mais je voudrai le retenir. Demain, les complicités seront à l'intérieur de nous. Je ne serai qu'une camarade de cours. Il faut laisser une place à l'inconscience. Il part. Je ne dis rien. Mon désir est trop doux. Je reste interdite dans la chambre vide, les bras tendus comme pour étreindre l'avenir sur ma poitrine.

J'entends encore la voix grêle de ma sœur. Elle chante pour endormir Nicolas ou calmer sa douleur. À chaque nuit, cette pâle supplication mélancolique monte jusqu'à ma chambre et réveille en moi une révolte sourde. À la mort de père, Geneviève a partagé la maison entre les membres de la famille.

J'avais quinze ans alors, Louis et Raphaël achevaient leur adolescence. Nous avons hérité de petits appartements privés dans la grande maison. Louis et Raphaël avaient les chambres du second étage: moi, tout le premier, et une liberté totale. Plus tard, Louis et Raphaël ont quitté la maison. Geneviève a fermé les chambres avec cette nostalgie fidèle qui se résigne mal aux morts et aux absents.

Elle attendait toujours ces adolescents qui ne rentraient pas. Ils avaient créé des existences nouvelles. Geneviève avait élevé mes frères, et l'enfance à peine terminée, ils l'avaient quittée. Elle ne leur reprochait rien. Elle avait trop besoin de croire en la liberté des autres. Et alors, il y eut la maladie de Nicolas...

Et c'était aussi comme un départ troublant, un départ de chaque instant à travers un espoir inutile puisque l'enfant ne pouvait être sauvé. Geneviève se refuse à cette mort qui approche. Elle entend encore la course du petit garçon dans les escaliers, elle pense: «Je le guérirai, je le sauverai.» Je la verrai bientôt penchée sur mon frère, proie fixe dans les larmes, elle me dira:

— Il est déjà mieux, vois!

Geneviève retrouvera toujours le silence et l'enfant malade.

Et comment serais-je sauvée de son désespoir?

Geneviève se perd dans l'agonie de Nicolas. Elle quitte sa propre vie sans le vouloir. Hier, j'existais un peu pour elle, ma présence lui était indispensable, elle fuyait mes confidences et approuvait quelque enthousiasme fragile qui la charmait ou la rassurait. Son affection était gauche, un peu brusque mais sensible; elle était farouchement maternelle envers Nicolas quand elle évitait de l'être pour moi.

Et maintenant elle ne vit plus. Elle se retire dans une tristesse laborieuse qui ressemble à la fierté des vaincus. Geneviève a-t-elle eu des amants? Se souvient-elle d'avoir été heureuse dans leurs bras?

Il n'appartient pas à l'être humain de sauver son frère de la mort. Il ne peut que l'aimer. Geneviève repousse cette effrayante réalité comme elle fuit bien d'autres réalités. Demain il y aura Josué, mais demain il y aura aussi Geneviève. Auprès d'elle, je souffrirai de son mensonge qui dure depuis trop longtemps, et je crierai: «Cet enfant va mourir.» Elle ne m'écoutera pas. Elle chantera:

> *«J'aime le vent quand il berce l'enfant,*
> *J'aime la nuit quand elle berce le vent.»*

«Alors, Geneviève, prendras-tu conscience de ma présence et me souriras-tu en détruisant sur ton visage tout ce qui a été Nicolas? Ton espoir fou, ton espoir aussi avide que la détresse, qui éclatera dans tes yeux...»
Trains mécaniques, boîtes à chansons mourront bientôt. Tous les jouets se taisent. Et je ne veux pen-

ser qu'à ma vie, toute ronde comme une saison fraîche entre mes doigts.

* * *

Et que m'importe la corruption de la mort puisque mon amour fleurit. Il s'ouvre dans le sable chaud de mes veines. Josué mesure sa fragilité à mon allégresse.
Septembre. Octobre.

Je deviens un peu plus égoïste pour mieux apprécier l'âme de Josué. Nous sommes deux corps vifs et fervents dans l'humanité gémissante, nous sommes deux âmes affrontant les mêmes peurs; car la jeunesse est son mal comme le mien. Il est délicieux d'être comprise par un regard unique, adaptée à un autre corps et à d'autres sens inquiets. Et pourtant, un enfant ne peut appartenir à un autre enfant. Josué n'est pas entièrement à moi et cela est bien ainsi. Je le sais médusé par les sortilèges de mes rêves, attentif à sa propre angoisse. Il s'appartient plus qu'à moi-même.

Je ne désire plus voir Geneviève. Je me résigne à mon amour. J'aimerais ne plus me souvenir de ce petit garçon tourmenté pour qui l'on chante à minuit...

«Et le vent a bercé l'enfant dans les étoiles.»

Josué m'accueille chez lui. Dans le silence des nuits, rendus à nous-mêmes, nous nous sentons riches et appauvris sans trop savoir pourquoi. Je fuis sans cesse le climat de la maladie. Je m'en excuse par mon amour et ma jeunesse mais je ne suis jamais convaincue d'avoir raison. Je n'ai pas le courage de la vérité. Je ne veux pas briser le cristal noirci du rêve.

Je suis mes cours, l'esprit errant. Josué travaille sérieusement. Mais il a des fièvres de travail comme il a des fièvres d'ennui. Nous ne sommes liés que le soir. Nos regards changent. Nos mains tremblent. C'est peut-être la conscience d'une seconde vie de l'amour qui nous précipite dans un vertige lumineux. Pour Josué, l'ordre et le désordre sont séduisants: il ne se fatigue pas des folies poussées à bout. Il veut toucher tous les sommets avant de vivre.

Octobre. Et nous sommes déjà plus sages. Une nuit, chez Josué, je me détachai brusquement de son étreinte et je voulus rentrer.
— Nicolas a eu une attaque!
— Yance, tu fais un mauvais rêve. Il ne faut plus penser à ce petit garçon. Tu devrais toujours vivre avec moi.

Comme il avait raison! Sa douceur m'ensorcelait. Je ne désirais que céder. Le lendemain, Geneviève me dit que l'enfant avait été très malade pendant la nuit. Maintenant l'enfant était plus calme. Il jouait dans son lit.
— Il y a si longtemps qu'il n'a pas joué!

Geneviève pleurait de joie. J'embrassai Nicolas. Peut-être avais-je tort? Un miracle de volonté dans le cœur de Geneviève pouvait donner l'illusion de la santé à ce corps dévoré.

— Je lui ai acheté un costume. Il sera guéri avant Noël.

Je me rappelai Raphaël qui disait: «Parfois, c'est un grand mal, l'espérance.»

Je retrouve au fond de moi la voix troublée de Geneviève, je revois son visage défait:

— Alors, c'était un pays d'ogres. Quand le plus jeune s'étirait, les montagnes tombaient dans la mer, les étoiles glissaient dans ses cheveux.

Je n'ai rien dit. Je n'ai encore rien dit.

L'Enfant est mort. Je ne suis pas assez étonnée devant la mort. Je regarde l'enfant sans trembler. C'est un petit garçon de dix ans dans l'absence éternelle. La mort a des visages pour moi: c'est ainsi que j'ai vu mon père et ma mère au seuil de l'enfance. Ce qui pesait sur moi, c'était la vie de Nicolas. Mes pensées sont lâches et épuisées, je le sens. Je me trouve dure, toute droite devant ma sœur qui presse l'enfant contre elle. Je ne poserai pas ma main sur son épaule. On ne peut pas aider Geneviève. Josué. Mon avenir s'appelle Josué. Et il a un tragique visage lui aussi.

— Je ne l'ai pas sauvé!

Geneviève! Mais je ne peux rien dire. Elle a vieilli en quelques heures.

A-t-elle vingt-cinq ans ou l'âge de la peur? Que son désespoir ne pénètre pas ma chair! Ce désespoir qui dilate la poitrine dans une nausée froide. Et s'il n'y avait rien devant moi? Si mon esprit sommeillait?

— Geneviève, je ne te quitterai pas!

Je ne remplacerai pas Nicolas. À quoi servent ces paroles? Il était son enfant, son avenir, son présent. Elle a prié le vide pour entendre à nouveau le pas joyeux de l'enfant et là, elle ferme les yeux en gémissant. Ne pourrais-je pas partir comme Louis et Raphaël? J'ai tant détesté le goût de la mort qui règne dans la maison, loin de Geneviève comme à ses côtés.

Je suis une jeune femme.

— Geneviève, je suis une femme.

Elle m'oublie. Mais j'aimerai et je vivrai. Si je quitte Geneviève, j'accepte de tuer le peu de vie réelle qui résiste en elle. Je ne peux pas l'abandonner. Je ne peux pas m'abandonner moi-même.

— Je ne l'ai pas sauvé.

Et je crois entendre la mélodie qui a traversé les murs pour briser ma conscience inquiète:

Et l'enfant s'est réveillé dans la lune,
L'enfant qui avait pleuré sur la terre.

Novembre me laisse pâle et angoissée dans les bras de Josué. J'ai voulu oublier la mort. Mais elle est plus forte que toutes les jeunesses du monde. Geneviève chante encore, la nuit. Elle ne savoure plus l'attente en préparant les chambres de mes frères ou en rédigeant de longues lettres meurtries; elle se désincarne dans une passion stérile. Il y a sans doute une folie de l'espérance, une folie où l'on rétrécit sa mémoire et son cœur pour ne penser qu'à Nicolas. Bientôt ma sœur ne prendra plus de place dans la grande maison. Elle ne sera qu'un cri.

Raphaël est revenu. Geneviève ne semble pas le reconnaître. Sans être jalouse de mes frères, je sais que Geneviève les aima plus que moi. Raphaël revient dans la maison des étrangers et il nous parle lui aussi d'un monde qui n'est pas le nôtre. Je ne sais de lui que cette blessure intime qu'il voulut oublier loin de nous: un premier amour et son échec. L'adolescence n'est plus mais la blessure vit toujours. Raphaël n'a rien oublié. Et il en sera toujours ainsi pour lui, départs, ivresses, et ce retour triste à l'impossible. Que vient-il revivre ici? Nous étions déjà si seules!

— Tu me regardes comme si mon visage était dur.

— Mais il est dur, Raphaël.

Et il erre dans sa chambre et les choses ne lui obéissent plus comme autrefois. Petit garçon, il était maître de ses féeries, et maintenant, il est maître de sa solitude.

Les choses ne lui obéissent plus parce qu'il a des mains d'homme. Il a quitté cette maison dans une obscure souffrance et il revient attiré par elle.

— Tu crois donc que je n'ai pas oublié?

Il ne parle pas de l'enfant. Nous sommes complices du même refus de la mort.

— Tu n'as pas voulu l'oublier, dis-je.

— Comment oublierais-je un désastre?

Il aimera encore. Il aimera toujours mais il aimera contre l'oubli. «Raphaël, Raphaël, le désastre c'est toi qui le portes. On dirait que ton esprit désire la fin des choses. Tu ne pouvais que détruire ton premier amour.»

Je pense à lui. Il pense à moi. Et nous ne nous reconnaissons pas encore.

— Écoute, il faudra ranimer cette maison agonisante! Et j'aurai beaucoup d'amis! Et toi aussi, n'est-ce pas? Yance, tu m'écoutes?

Raphaël est assoiffé de colères éclatantes. Josué se laisse tromper par sa douceur. J'ai peur de ces âmes soudain. Désormais nos trois existences seront ténébreusement confondues.

— Nous lutterons contre Geneviève, toi en aimant Josué, et moi...

— Et toi?

— Je suis venu reconquérir Marie-Christine.

«Raphaël, Raphaël, souviens-toi, tu n'avais que quinze ans et tu voulais aimer. Et tu croyais que les jeunes filles se laissaient broyer comme des jouets.»

— Alors, si tu l'aimes encore, il faudra l'aimer à nouveau.

Il ne m'écoute pas. Rêve-t-il à cette petite fille qu'il initia à l'amour et aux peines de l'amour à un moment où il se croyait un homme? Et à cette même petite fille qui, devenue jeune femme, le quitta brutalement en avouant que son enfance avait été interrompue?

Il ferme les yeux sur sa fatigue.
— Je suis venu me reposer, dit-il, oui, comme elle me reposera.

— Josué, je voudrais me marier, je désire un enfant.

C'est la tête de Josué blottie sur mon sein qui me fait songer à l'enfant. Cette tête brune, comme je l'ai aimée dans l'avidité muette de nos nuits. Cette tête tranquille et réconfortante. Elle n'a pas blessé mon ventre plat. Elle s'est incrustée dans mon corps comme une forme amie. À seinze ans, quand Josué m'a prise, j'avais un corps chétif qu'il a délivré de sa nuit hésitante pour me donner un corps de femme qui se souvient des mains de l'homme dont il est sorti frissonnant et embelli. J'ai eu, en Josué, un compagnon de découvertes, le père de mes premières détresses de femme, et maintenant, un amant révélé, et dans cet amant, un fils. Cet homme rêveur en qui j'ai peut-être trop entretenu le songe, pressent-il comme moi que nous engageons nos vies à l'envers?

Il est calme, allongé sur mon cœur, bercé par une force inconnue.

Mariés, notre vie a encore le rythme de notre sang. Certains soirs, Josué ne rentre pas chez moi mais demeure seul dans son ancienne chambre. Il a ses heures libres, comme une maison et une autre vie hors de moi. Je suis presque jalouse de ce roman qu'il écrit le soir près du feu, visage brisé, le regard déçu du chercheur anéanti. Il me lit des vers, qui sont pour moi les ténèbres de son âme, les tendres vents de sa violence. Josué apprend à se détacher de moi dans toutes les choses qu'il fait. Moi, je ne veux que m'approcher de lui.

Geneviève ne lutte plus. Longue fille exilée dans son espérance, elle ne sort plus de sa maison. Comme Raphaël, elle a créé son paradis immobile. Je monte lui préparer des dîners et je lui reproche de ne pas vouloir vivre, je lui parle de la vie extérieure qui se meut malgré son chagrin. Mais elle semble disparue du monde. Alors je lui répète: «Nicolas est mort» et elle sourit étrangement.

Elle m'a surprise, avant Noël, à brûler les choses de Nicolas, ses jouets, ses derniers petits souliers neufs. Elle a suivi mes gestes dans une contemplation effrayante, sans pleurer. Puis elle a chanté:

«J'aime le vent quand il berce l'enfant
J'aime mon ange aux paupières douces»

Et moi je pensais: «Elle est vaincue. Elle accepte.»

Je l'ai invitée à sortir avec moi. J'ai coiffé ses jolis cheveux. Mais j'ai vite compris qu'elle retournerait à son appartement vieilli. Elle n'était déjà plus faite pour aimer le soleil. Alors j'ai tiré les rideaux et la lente odeur du temps enfui a brûlé mes sens.

Le soir de ce même jour, Geneviève se fit une coiffure plus austère. Ce petit chignon dur sur sa tête bouleversée étirait ses tempes et dénudait son front trop grand. Elle portait une robe noire à poignets blancs. Du rôle de femme inconsolée, Geneviève s'effaçait dans celui de veilleuse de morts.

Je ne peux compter sur Raphaël pour visiter Geneviève. La maladie de la maison l'attire mais la maladie de ma sœur l'ennuie. Comme pour se méfier de son attente, dans son orgueil obstiné, Raphaël pervertit des jeunes filles. C'est donc dans le regard de mon frère que j'ai vu cette flamme ironique des yeux corrompus? L'âme de cette maison et l'âme de mon frère se décomposent entre mes mains. Et je ne sens rien d'assez épouvantable pour être jugée. Je me tais. Le mal me trouve sombre et vide, liée aux êtres dans une fraternité passive.

Il y a l'innocence de Josué qui n'est déjà plus une innocence parfaite puisqu'elle peut tourmenter les autres. Je ne sais plus qui a raison: le mal ou le bien, les deux ayant une nostalgie semblable de l'éternité, un regret devant les limites de l'homme.

J'attends un enfant. Josué néglige le collège et m'entoure d'une tendresse exquise. Lui, si silencieux habituellement, me parle beaucoup de cette vie aveugle qui grandit en moi, comme une eau comblante. Ma tête sur sa poitrine nue, je l'écoute, fascinée par ses yeux et ses lèvres.

— Tu vois, dit-il, nous avons la vie en nous et le monde entier l'attend...
Habitée d'une incomparable richesse à moi-même connue, je me sens plus âgée que Josué, rafraîchie et déjà maternelle. Je l'embrasse dans les cheveux, sur les paupières, désirant consoler en lui l'enfant futur, encore loin dans les neiges tièdes de mon corps.

Geneviève ne vibre plus à ma joie.

Elle a fait disparaître toute la poussière de ses appartements. Les meubles brillent de propreté. Elle a enfin fermé la chambre de Nicolas. Mais elle veille toujours. Cette propreté cache le désordre de son âme.
— J'attends un enfant!
Moi qui croyais arracher un cri de ce corps de pierre. Rien. Elle oublie même les paroles de son désespoir.

Je suis seule et enceinte. Mais je me sens propriétaire de toutes les forces. Je deviens plus passionnée, plus ferme sans doute, droite et tranchante, et fanatique. Je reproche à Josué ses rêves, sa douceur dont je redoute un moment d'affadissement. Je veux les choses pleines et sûres. Un homme comme Josué ne peut donc pas me les donner? Je désire l'équilibre comme on désire le feu, dans une pudeur blessée.

Ah! Si Josué était à moi, si je connaissais ses pensées! Mais il ne sait que prendre la forme que je lui donne. Et il ne vit pas dans la même chair que moi.

— Partir, Josué, si tu m'amenais dans une autre ville?

Je n'ose pas lui dire que c'est un peu de lui-même que je veux oublier dans ces villes chaudes de printemps, oui, m'anéantir avec lui dans la vive impersonnalité des foules, écouter leur battement fou et trop humain. Et il consent à me donner ces brefs voyages comme il couvre mon corps de caresses somnambules, la nuit. Ainsi, on veut plaire à un enfant malade.

La grande ombre de son visage me désespère soudain, et pour la première fois. C'est ainsi que je commencerais à détester ses traits.

Je me sens perdue auprès d'un garçon plus perdu que moi et au milieu des autres êtres, ces infortunes sont neutres. J'ai un mari à mon bras, un enfant en moi et je suis ces êtres de la rue qui me suivent eux aussi parce qu'ils ne savent plus. Mon enfant ne grandira pas dans la maison des morts, comme moi.

Mon enfant sera libre. Il sera Josué mais il ne sera pas moi. Il se forme à peine et je ne l'entends pas vivre: je suis comme cette Yance adolescente et maigre qui attendait une courbe à son ventre et à ses seins ou bien cette présence certaine et froide qui dirait: «Je suis là.» Comme au jour de mes quatorze ans, je veux goûter à la dure félicité des choses arrivées mais incomplètes.

Je me plains sourdement.
— Yance, tu veux rentrer?

J'entends la voix de Josué. Mais je le crains encore.
— Es-tu avec moi ou derrière moi, Josué?

Il enlace ma taille:
— Nous sommes deux, dit-il.

Malgré moi, j'apprends à être simple pendant ces voyages, je ris, je chante. Je suis une femme comme toutes les femmes, ravie d'acheter un tricot à son mari, souriant dans la glace quand Josué est élégant dans sa veste de velours. Et dans les cafés où nous perdons beaucoup de temps, ne suis-je pas heureuse de boire dans le même verre que Josué, comme nous faisions jadis, entre deux cours, front contre front? On ne se réadapte pas à une vie d'étudiante quand on se prépare à devenir mère. Mais je voudrais retourner à l'insouciance de l'école buissonnière pour m'extasier à nouveau devant les groupes d'étudiants qui jaillissaient dans les rues à cinq heures.

On met les voyages de côté et on reprend les

cartables avides. Josué préfère ses études à la solitude de ma chair. Je me blottis au coin du feu et je songe. Chez Geneviève, une robe claire ne paraît pas, ni le vol clair de ses cheveux. Cette femme médite et lit la Bible dans un silence léthargique. Elle enfante constamment Nicolas dans son esprit: j'enfante dans mon corps qui ne sait rien de ses déchirements futurs.

Et j'enfante pour Josué qui ne sait rien de moi. Tandis que mon sang cherche la chaleur obscure de mes seins noirs, Josué écrit à mes pieds. Il écrit, pense, lit, et rien ne change pour lui. Je ne peux pas prendre la tête de Josué et la caresser sur mes genoux. Je ne la reconnais pas.

Josué n'est pas rentré depuis plusieurs jours. Cette nuit, lassée d'inertie, je décidai de faire une longue promenade, de marcher sans but dans les rues vides comme pour retrouver un endurcissement intérieur qui me comblerait. Je me souvenais avoir déjà fait ces promenades à quinze ans. Les pas dans le froid. Ce froid pénètre et fixe votre pensée.

Qu'il y avait longtemps que je n'avais pas connu une nuit aussi libre! L'air chantait au creux de mes veines, sur mes joues, dans mes cheveux. Ivresse singulière du printemps en moi. Je me croyais gaie, j'étais chancelante d'effroi. Et soudain, je sentis le premier tremblement de l'enfant en moi. Cette force irrésistible qui vivait dans mes entrailles m'inonda d'un plaisir unique. Nous étions deux clartés dans cette odieuse nuit. Un instant, je crus en Dieu et en la vie toute-puissante rivée au désespoir de l'homme comme à son espoir!

«Et dans les cheveux des géants tombent des étoiles...»

Mon corps isolé me donnait la disproportion de l'âme priante. Et moi qui n'avais pas cherché Dieu, je le sentais, je l'aimais. Pendant l'amour, penché sur mon cœur, j'avais entendu Josué me dire: «Avec toi dans mes bras je crois toujours que nous entrerons dans l'infini. Mais ce n'est qu'un mensonge.» J'avais vu ce regard errant qui attendait un geste capable d'apaiser sa faim. Et j'avais crié: «Josué, mon pauvre amour!»

Où est maintenant cette tendresse jaillissante qui s'ignorait elle-même?

Le froid avait fait de ma chair frissonnante un marbre où le cœur bat au ralenti. Je rencontrai une jeune fille qui courait, son foulard à la main, et je regrettai de ne pas pouvoir courir. Les réverbères ressemblaient à des piliers de brume chaude. Des ruisseaux de neige et d'eau disparaissaient au fil des trottoirs. Je marchai jusqu'au parc.

— Le parc est clair, à trois heures, dans la nuit.

Je regarde les couples rares qui s'enfuient. J'ai un peu mal. Je vois une silhouette qui ressemble à mon mari et une femme de vingt-cinq ans près de lui. Ils sont debout sous les arbres, se parlent, se regardent, se taisent. Mais ce n'est pas Josué. Je rêve. Je ne suis pas bien ici. Il y a trop de vent. Je vais rentrer. La femme se retourne et arrache son chapeau d'une longue main pâle. Je crois voir Geneviève. Mais un rêve, encore. Geneviève est dans sa chambre. J'ai vu la lampe allumée et la persienne battante. L'homme embrasse cette femme. Elle ne bouge pas. Elle regarde droit devant elle, puis sa main gauche abandonne le chapeau d'un geste maladif. Je cache ma tête dans mes mains. Aucune femme n'est immobile comme Geneviève. Geneviève. Josué.

Et je regarde encore, et pour la première fois, l'enfant bouge sous mes seins mais je ne l'entends pas. J'attends.

Je rentrai tout de suite. Je me fis un feu nerveusement comme on s'entoure de mouvements ordinaires pour se rassurer. Je coiffai mes cheveux de différentes manières en tenant la glace d'une main tremblante. Cela me rappela que Josué avait ri un matin derrière moi, j'avais aimé ce rire sauvage et inattendu. Pourquoi avoir déjà des souvenirs de lui? Nous étions encore ensemble. Mes regards tombèrent sur des copies de dissertations écrites à la main. L'écriture de Josué était une tempête. J'aimais cette écriture comme j'aimais les mains de Josué. Je lus quelques phrases au hasard: «L'homme est un être que Dieu ne peut pas sauver.» Et «L'espérance ne vient qu'à la mort.» Il y avait aussi un petit cahier de pensées et quelques poèmes inachevés. Je m'arrêtai à ce vers:

*« En toi sommeille l'enfant
que mon âme a créé »*

Son âme. Et son corps? Je compris dans la révolte que le corps de Josué me fuyait pour les naufrages du rêve.

Geneviève. Josué. Si mes yeux ont vu une chose vraie, je n'ai pas la force de l'affronter. Je l'oublie dans l'inconscience de l'instant. Josué entre. Connaît-il le sens de l'attente?
— Tu ne dors pas encore Yance?
— Je pensais à notre enfant.
Il est là. Son odeur, le froid de ses vêtements. Il est là. Je sens sa main gelée sur mes paupières.
— Je vais te veiller.
— Non, travaille, je veux te regarder. Il y a bien deux jours que tu n'es pas venu.
Il embrasse mes mains, mord doucement le bout de mes ongles et en un bond souple s'allonge près de ses livres. Je vois frémir sa nuque parfaite. Il pose ses mains sur le papier blanc. Il est tard. Je ne le retrouve qu'à demi.

Soudain, comme débute une plainte mystérieuse, j'entends la mélodie de Geneviève. Je rougis. Geneviève n'a pas chanté depuis longtemps. Josué me regarde candidement.
— C'est peut-être qu'elle revit!
J'ouvre la bouche pour le supplier mais je me

tais aussitôt. J'embrasse son front. Tout est dévasté en moi.

Geneviève porte encore sa coiffure de deuil. La femme qui a enlevé son chapeau, au parc, a descendu ses cheveux sur ses épaules. Donc tout n'était que vision. L'appartement reluit et Geneviève se complaît dans le corps irréel qu'elle devient. Elle s'acharne à rester au fond d'elle-même où Nicolas lui parle. Je ne suis rien pour elle.

Elle empile des chemises intactes, repasse des draps blancs et cela est sans doute un rite sévère dont j'ignore l'importance. Quand toutes les choses auront pris la blancheur de la mort, que Geneviève elle-même sera imprégnée de cette pureté imaginaire, elle semblera se détendre. Et l'harmonie de la maison est trop glacée. J'ai l'impression d'être attirée malgré moi dans cet univers suspect, d'aimer l'équivoque des tragédies fixes. Je suis debout sur le bord d'un précipice et j'attends patiemment cette chute qui nous ensevelira tous. Ainsi, quand je retourne à ma vie à moi, plus humble dans sa réalité, plus résignée à ma misère, faite de Josué et de ses désirs, il me faut un certain temps pour me détacher du brouillard doux de Geneviève. Je comprends de plus en plus Raphaël qui dit: «Yance, nous sommes appelés à mourir, nous aimons la mort dans cette famille. C'est notre malheur.»
J'aime mieux penser que cet abandon au néant a saisi d'autres âmes avant nous.

Comme mes pensées, mes rêves sont angoissés. Par ces nuits de juin où Josué prépare ses examens, nerveux et amaigri, moi je languis dans des nuits palpitantes. Mes cauchemars sont remplis de Josué et de Geneviève.

Une nuit, je rêvai que Geneviève était couchée dans les fleurs, cheveux défaits comme au temps de son adolescence lorsqu'elle recevait toute ma contemplation de petite fille: à son cou, contre sa chair fine, un collier d'épines brillait ainsi qu'à ses poignets. Dans ce rêve, j'avais la conscience vague que ces épines avaient la même signification que le col blanc empesé et les poignets luisants. Quelqu'un avait allongé ma sœur dans le jardin et elle n'avait pas bougé depuis. Elle était entre la mort et l'agonie. Soudain, les fleurs sur lesquelles elle reposait se fanèrent et Geneviève fut entourée de tiges qui l'enlaçaient. Elle dormait encore.

Un homme entra dans le jardin. Josué. Il vint lentement s'agenouiller près de Geneviève et coupa toutes les tiges avec ses dents. Geneviève se laissait embrasser sur les paupières; elle subissait la présence de Josué.

En me réveillant, le silence de l'appartement me donna le vertige. Je n'entendais pas les pas de Josué dans la salle à manger. Je pensai à mon rêve et courus au jardin. Je retrouvai ce vent salé comme le vent de la mer. Geneviève était assise près de Josué qui embrassait ses mains, son front, ses cheveux dénoués. J'ouvris les bras sur la nuit. Les pentes venaient à mon secours: je tombais dans un évanouissement précieux.

Et il est encore assis près de moi ce matin et il tient mon poignet comme on garde sous son ongle la nuque du gibier.
— Tu souffres?
— C'est l'enfant, dis-je.
— Je vais rester tout le jour ici, à te guérir.

Je l'écoute. Me trompe-t-il vraiment? Déjà? Et là, devant moi, avec ce carré brun de cheveux qui ombrage son regard, n'est-il qu'un songe? Je pense: «Comme une femme enceinte, j'ai des hallucinations.» Et il me vient cette hâte d'être délivrée de l'enfant, de le serrer sur mon cœur de certitude d'avoir vu Geneviève et Josué dans le jardin comme j'ai la certitude de les avoir surpris dans le parc, plus tôt.

— Je vais appeler le médecin. Tu es brûlante. Où as-tu mal?
— Je ne souffre pas.

Ma voix n'est plus ma voix. Je me sens devenir impitoyable comme mes doutes. Oui, je doute de Josué, de sa douceur qui n'est que le simulacre de son hypocrisie, de sa paresse. Si son amour était un caprice? «L'innocent Josué...»

Non, il n'est pas innocent. Mais qui suis-je pour

le juger? Sa femme, oui; nous dormons flanc contre flanc mais je ne me sens pas libre de pénétrer la pleine connaissance de cet amant farouche que mon corps ignore moins que mon âme. Je ne vois pas en moi cette dignité de peser la pensée du camarade de ma vie.

Je ne lui reproche rien mais j'ai peur. Josué est avide de me tromper. Mais en le faisant, il me couvre d'une blessure lisse, une blessure qui trahit notre jeunesse. Pourtant il sait que je suis vulnérable, avec lui comme sans lui. Ce que j'éprouve, ce n'est pas une jalousie intacte, mais un trouble naissant devant mon propre destin et celui de mon mari. Nos vies s'unissent autrement: il y a des moments où elles se rencontrent sans se voir.

Octobre est revenu.
J'ai eu mon enfant.
Josué commence sa troisième année de Philosophie et travaille mal aux cours. Ses vacances ont été lourdes de moi. Nos silences sont égaux, nos sommeils pauvres et tristes. Je ne sais plus si nous nous aimons mais la naissance de notre petite fille nous renouvellera sans doute, au moins intérieurement.

J'ai envie de mourir de compassion en voyant cette menue chose que l'on élève au-dessus de mes membres flétris: j'ai pitié d'une plainte qui est ma propre misère. Josué dévoile le sens de ce sentiment quand il me dit: «Ton visage n'a jamais été si beau,

Yance, mais il est heureux et malheureux à la fois.»
J'ai l'impression d'effleurer l'intime et suave dégagement de la mort et de rompre soudain avec la souffrance et la honte.

Je vois sur le corps de mon enfant toutes les couleurs de la vie. Ses futures pensées, ses amours, ses espérances. Des amours qui pourraient ressembler aux miennes et des espérances qui pourraient me prolonger dans une autre existence, et aussi, une confiance sourde dans la force du temps que je ne connaîtrai que par elle. Cruelle et dévorante vie où le destin vide le monde de demain. De mes seins à mes entrailles, je suis une femme dépossédée.

L'enfant blottit sa tête entre mes doigts ouverts. Le vide chaud fait mal en moi. On a arraché la parcelle qui s'était faite délicieusement puissante et nourrie. Mais cette existence sevrée est bien chétive sur mon sein puisqu'elle se cherche à travers moi, telle une forme égarée. Je lui donne une place fraîche au creux de mon être qui n'est plus rien. J'entends les paroles de Raphaël quand je lui annonçai que j'attendais un enfant: «Yance, quelle idée de mettre un enfant au monde! Tu est donc sûre de ce monde? Il y aura un désastre. Pour nous, il ne reste que le moment aveugle, les amours aveugles, les plaisirs inconscients. Nous avons installé notre avenir dans un tout petit instant tourmenté. Nous sommes la génération de la mort.»

Pourquoi y eut-il cette conversation sans issue? Quel mauvais goût dans le tragique et à quoi servent ces révélations du lendemain? J'accepte les jours simplement. Je les aime comme ils viennent. J'aime l'équilibre du matin et du soir et la chaste sensualité des nuits. Je ne pense pas à mes trente ans ni aux trente ans de Josué. Cela n'est pas à nous. Nous serons d'autres hommes et nous aurons une autre vie. C'est tout ce que je sens. Je préfère me cacher derrière le silence.

L'enfant sur mon cœur, l'interrogation de Raphaël devant l'avenir et le présent se fait mienne. Je ne suis plus en confiance avec la génération que porte ma fille sous son front innocent. Une nuit sans réveil se profile devant moi: sommes-nous condamnés à mourir? Sommes-nous la génération ténébreuse et choisie pour assister à la fin de l'univers? Ce doute n'est-il qu'un pressentiment d'une horrible fatalité? Raphaël est cynique à cause de la peur. Josué est faible pour la même raison. Est-ce une ridicule panique devant sa propre mort? Sa pauvre petite mort? Il est vrai que les êtres de notre génération souffrent d'avancer dans un siècle de destruction. Ils préfèrent soudain ne pas avoir de siècle. Délibérément ils choisissent des gouffres à la taille de leurs rêves.

Nos parents morts dès notre enfance nous évitent de parler de la frayeur de notre génération. Soudain, j'ai une vive reconnaissance qui ne se doit à personne, d'avoir grandi en pleine solitude.

«Josué, Josué, tu ne sais donc pas que c'est ton enfant que je tiens dans mes bras? Josué?»
— À quoi penses-tu?
— Cela est grave... une vie.
— Mais je veillerai sur vous deux.

Oui, il veillera. Mais pas davantage. Josué ne croit pas, ne vit pas, mais il veille la vie, ses attentes. Et il veille sans doute Geneviève de la même façon, oubliant que je devrais être la seule femme disponible à son amour déjà fragile. Il n'apprendra jamais à être père.

«Roxane, ma petite fille, Roxane, qu'avons-nous fait? Vous voilà au monde et on ne saura vous offrir que des rêves.»

Oui, je maudis tous ces rêves qui viendront dans l'esprit de Josué, brisant sa réalité et la réalité de l'enfant.

— Yance, tu pleures?

Et ce n'est plus de tendresse...

Novembre.

Une infirmière s'occupe de l'enfant à la maison. Je me repose. J'assiste à quelques cours avec Josué. Si je retourne au collège, ce n'est que pour me retrouver moi-même en me rattachant à une liberté fictive. Je m'éloigne de Raphaël qui me méprisait à travers l'enfantement, je veux rompre ma mémoire détraquée qui ne sait si Geneviève est un monstre ou une femme détruite. Mais je suis désenchantée au collège. Le monde a changé. Il a pris des dimensions plus physiques, trop féminines: je cherche l'univers d'autrefois mais l'accouchante est trop fraîche en moi. Je ne pense qu'à la blessure salutaire de ma délivrance.

Je ne suis plus une enfant. Je languis, songeuse, près de Josué qui écoute ses professeurs et interroge pendant les cours, je crois avoir connu toutes les réponses humaines avant lui. La sombre mathématique de son cerveau ne me plaît plus. Avant, j'eusse écouté Josué dans une admiration craintive, mon cœur eût connu un tendre respect pour ses confidences hautaines et maladroites parmi les étudiants. Là, je suis une femme. C'est tout.

Moi qui regardais hier le beau visage de Josué; de sa main aux doigts vivement écartés, il recouvrait soudain ses joues: il semblait réfléchir humblement. Alors je ne rêvais plus devant ces traits incertains, j'entrais au fond de leurs mystères, je les connaissais trop. Et je n'étais plus timide devant le compagnon de ma chair.

À ce moment de ma vie, je n'ai plus que moi-même pour orienter mes espoirs.

Je renais à Josué, un peu le soir, en rentrant à la maison. Il prépare le feu et le pétillement fleuri des flammes dont chaque mur et chaque ombre deviennent l'écho réveille en moi nos longues soirées du premier septembre de notre aventure. Nous étions heureux. Nous ne le sommes plus. Comme Raphaël a foudroyé son premier amour, dans la hâte de vivre et de mourir, nous avons mis fin à notre première jeunesse. Elle a perdu sa grâce touchante. Et cette heure de notre vie est trop lucide pour nous épargner.

Silencieuse, je berce mon enfant. Josué écrit, lit, puis fatigué, sort pour rentrer tard dans la nuit. Nous ne regardons pas le jardin glacé. Ses hautes grilles emprisonnent les arbres, et peut-être, ces deux fantômes passionnés...

À l'aube, je me réveille souvent dans une mélancolie intense. Ma petite fille dort entre nous deux. Josué tourne vers moi un visage détendu. Un instant, mon amour m'incendie à nouveau, je soulève la nuque de mon amant et j'embrasse les lèvres muettes que j'ai délaissées.

— Geneviève, voici ma petite fille!
Je tiens l'enfant dans mes bras tendus. Geneviève se lève et je crois voir monter en elle ce flot d'énergie absent de ses veines et de sa chair depuis tant de mois. Je suis tremblante de l'enfant assagie entre mes doigts. Je crois dire: «Geneviève, tu as voulu nous ensevelir tous dans l'ennui, mais regarde, je suis plus forte que ton souvenir.»

Geneviève sourit. Elle ouvre les bras. Mon orgueil me quitte et je sens peser sur moi l'humilité de ses deux bras vides. Je dépose l'enfant dans l'étreinte qui attend. Je suis très près de Geneviève, j'entends son souffle vif mêlé à de chauds murmures que je ne comprends pas, je vois frémir ses tempes nues et je suis la caresse de ses doigts sur le front de l'enfant. C'est elle qui m'émerveille maintenant. Enfin, Geneviève est là et ses yeux ne sont plus deux couleurs mortes, jumelles de la peur. Ses yeux aiment et vivent.

Pourquoi Geneviève n'a-t-elle pas été une femme comme toutes les autres?

Une femme qui se donne à un homme et qu'un homme initie à lui-même?

> *«L'Enfant endormi n'a rien vu*
> *L'enfant que j'aime a rêvé*
> *Et il n'a pas vu mourir le jour.»*

La berceuse recommence lentement, doucement. Elle jaillit d'un amour mystérieux. Je reprends l'enfant et ma sœur ne comprend pas. Sa main tombe lourdement. Et l'enfant cherche mon sein de sa petite tête offerte. Avec ce peu de vie en soi, on est déjà inquiet de sa faim.

Geneviève est-elle ressuscitée? Au seuil de la chambre, pourtant, il y a toujours une fille trompée par son espérance...

J'allaite mon enfant. Josué, tu as détourné la tête car tu sais que ce moment est le plus intime pour moi: tu es immobile à mes genoux. Ta vie, ma vie nous est arrachée goutte à goutte par un petit corps d'enfant. Est-ce toi qui m'as faite aussi femme? Aussi soumise à la soif de cette jeune bouche? Je t'aime en cet enfant et j'aime cet enfant en toi. Ce soir, je poserai ma tête sur ta poitrine, je t'enlacerai comme un fiancé.

Je suis trop calme. Approche-toi. Prends ma plénitude. Il ne reste que cela en moi.

— Pourquoi me racontes-tu cela, Raphaël?
Il parle, parle et je suis témoin de sa vie comme je le suis de la vie de Geneviève et de la mort de Nicolas. J'aimerais connaître la paix inhumaine des bêtes ou simplement le repos désintéressé de la maladie. «Raphaël, Raphaël, je vois ton âme comme un torrent noir. Éloigne-la de mes yeux.»
— Yance, j'ai retrouvé Marie-Christine, mais je la retrouve flétrie.
— Marie-Christine est-elle comédienne maintenant comme elle le désirait?
— Je te dis que Marie-Christine est flétrie.
Il ne sait pas ce qu'il dit. Il l'a abandonnée. Il ne sait pas ce qu'il a fait. Il vient reprocher à Marie-Christine de se donner quand c'est lui qui le lui apprit à un moment où elle était trop jeune pour l'expérience du désir. Il ne se souvient donc pas d'avoir éveillé l'amour dans ce corps, il ne se souvient pas de l'avenir qu'il a mis inconsciemment dans ses gestes?
— Écoute, je la reprendrai, oui, elle ne sera qu'à moi.
— Marie-Christine est comédienne au Théâtre

de Vigne, c'est tout ce que je sais. On dit qu'elle voyage beaucoup.

— Et sais-tu qu'elle a des amants, par caprice?

Et il s'en étonne. Et lui? N'était-ce pas un caprice, cette première aventure méfiante? Une liberté défendue que l'on apprivoise?

— Je lui ai parlé au théâtre. Elle avait ce visage hautain de jeune fille dure. Elle a ri. Debout à ses côtés, un jeune homme la regardait, comme un homme sûr d'une femme.

Je ne veux pas savoir. Tout cela n'est pas ma vie. Je regarde le mur. La nuit vient. Je fuis le regard de mon frère, je fuis sa respiration inquiète: bientôt toutes les luttes retourneront au néant. Je n'aurai plus de mari, mon enfant sera loin de mes bras et je vivrai d'une détente unique comme l'absence souveraine de tout désir.

— Yance, tu n'es plus ma sœur?
— Peut-être bien. Nous avons vieilli.

Je ferme la porte derrière mes pas et les paroles de mon frère se perdent en lui-même comme les vents inutiles qui luttent entre eux sur les grèves.

Chez moi, Josué s'est endormi par terre. J'ai besoin de lui.

— Parle-moi.

J'ai crié, ce cri fait céder le désir trop dur de mon corps. Je sais soudain que je serai prise.

— Je vais mettre du bois. Il fait froid.
— Non, ne bouge plus.

Et c'est moi, de mes deux mains tendues, qui emprisonne cette poitrine et ces épaules, c'est ma bouche qui effleure les paupières humides: bientôt nous serons capturés ensemble dans la même ivresse et nous aurons oublié le froid pénétrant nos membres nus.

Il y a déjà quelques mois que ma fille est née. Subitement, je redécouvre Josué en amant. J'aime sa tête trouble sur mon corps. Comme beaucoup de femmes mariées, dans mon mari, je commençais à ignorer mon amant. Puis je retourne à lui-même. Josué me prend autant de fois qu'il le veut et j'aime être prise.

Mais notre amour est toujours sur le point de mourir...

Geneviève se ranime quand je dépose l'enfant entre ses bras. Comme ces arbres qui se nourrissent de l'ombre et du soleil, elle s'adapte à une brève santé rêveuse et retombe, dans ses ténèbres. Mon mari est las dès que surgit sa solitude. Si Josué vient instinctivement à la maison, c'est pour me prendre en camarade et oublier qui je suis: il rit de ce rire faux que je connais bien, premier signe de son ennui.

Si Josué ne savait plus comment se dégager de moi? Je me fais pressante, je limite ma vie, je l'épuise de ma présence. Il est traqué. Il ne me rejoint plus, il se dépouille de toute volonté. Au printemps, il a manqué ses examens. Il n'a pas semblé en souffrir. Une autre douleur l'absorbait.

Ce soir, nous sommes ensemble et nous buvons. Nous sommes impuissants à vivre mais je l'aime mieux, ainsi en face de moi, hagard, transfiguré de pensées brûlantes que penché sur ses livres comme sur un indomptable secret.

— Josué, tu n'es pas heureux avec moi.

Il ne dit rien. Il boit.

— Je ne t'attendrai plus le soir.

Il veut me prendre dans ses bras. Non. Je repousse les déchirures.

— Reviens dans un mois. Réfléchis.

Bientôt viendra l'apaisement nostalgique de la chair abandonnée. Mais ce soir, je ne serai pas à lui.

Il a fait ce que je lui ai dit. Il n'est pas rentré depuis un mois. J'ai été habituée aux séparations de deux ou trois jours mais l'attente, la véritable attente qui ne compte pas les jours sur les doigts, je ne l'imaginais pas aussi amère.

Je marche dans la ville et je pense qu'il est absurde de quitter un corps d'homme trop connu, trop aimé. Ma chair est à la dérive, mon âme ne sait pas oublier. Je ne pense plus à mon enfant. Il y a Josué et moi. Et nous sommes engagés dans une fausse vie. Josué pensait m'aimer parce qu'il me désirait. Je n'irai plus au collège. Et je ne me réveillerai plus en pleurant celui qui ne viendra pas. Et toutes ces étreintes folles qui disparaissent dans le temps... toutes ces étreintes qui avaient notre identité, le charme du plaisir et la violence de nos paroles. Pourquoi? Je déteste Josué. Je dois le mépriser. Et quelle odieuse saveur a ce courage!

J'ai dit: «Sois libre.» Quand il commencera à mourir pour moi, ses maîtresses passées lui deviendront étrangement vivantes. Dans les rues de ma ville, j'envie les êtres qui n'appartiennent pas à la même existence que moi. J'envie tous ceux qui n'ont pas encore mis le pied dans le temps, les êtres inachevés dans leur propre plénitude: les enfants. Je regrette de ne pas être cette adolescente à jupe rouge et aux bas noirs qui rit, appuyée aux bras d'un garçon de son âge, sans savoir qu'elle sera seule bientôt, dès qu'elle deviendra une femme. Je songe aux dimensions diaboliques que prendra le monde pour elle.

Mais cette petite fille, que j'observe à la dérobée, pleine de mille drames ignorés, cette enfant que je fais à l'image de ma vie et peut-être à l'image de ma fille de demain, s'amuse aujourd'hui, à l'aise dans ses treize ans. Elle ne sait pas si elle est assez jeune pour faire la ronde comme ses camarades cadettes ou si elle doit se sentir femme parce qu'un garçon caresse sa main; et par absence de choix, elle fait les deux, dépose ses livres et danse et revient vers son camarade et l'émeut d'un regard dont elle ne mesure pas la profondeur amoureuse.

Un siècle intérieur me sépare de cette jeune fille.

Aussi, je sens vivre en moi un univers sacré et violent qui voudrait m'emporter.

— Bonsoir, tu es tout brillant de pluie!

Il est là. Je suis perdue. J'ai trop appris dans cet arrachement. En moi, se dénouent les liens de l'absence. D'attente en attente, on se recueille dans une lisse indifférence qui est, elle aussi, une forme d'amour blessé.

— Tu me parais grand, ce soir!
— Et toi si petite, dit-il.

Puis nous nous taisons. Cette nuit pareille à toutes les autres ramène un homme qui partira encore. Et il m'aura habituée à lui.

— L'enfant?
— Chez Geneviève.

Cette nuit est aussi notre ouverture de lumière sur un bonheur perdu. Notre sensualité éparse comme la détresse a pour moi quelque chose de berceur, d'irréel, un envoûtement flou où mon corps se fatigue doucement.

— Tu dors?

Il peut dormir ce soir. Je ne lui ferai pas partager mes souffrances rebelles. J'aime l'humilité de son repos.

Que reste-t-il de possible entre nous? Le passé, peut-être.

Josué vit dans le confort de sa tristesse depuis si longtemps.

Il ne faut pas périr. Je suis disposée à la conquête des petits bonheurs.

Josué dort.

Avant toute fin entre nous, nous trouverons le commencement. Nous n'avions peut-être pas encore commencé à exister.

Au moment où je demande à Josué de prendre nos trois vies entre ses mains, il sombre dans la maladie. La maladie me révolte comme la mort. Chez Josué, je sais qu'elle est plus qu'un mensonge, mais un désespoir. La fièvre monte dans ses yeux, comme les vagues d'un cauchemar et l'enlaidissement des abîmes. Autrefois, j'ai connu en lui une santé heureuse et simple. Je voudrais savoir la reconquérir. Mais il goûte à des fièvres qui me sont étrangères: l'homme que je serre sur mon cœur n'est pas Josué. Dans le regard délirant de l'homme que j'aime, je vois ma vie qui rompt avec moi. Je ne suis sans doute pas de celles à qui l'on se donne pour toujours. Je l'ai cru.

Comme Geneviève, dans sa passion tenace, a désiré sauver Nicolas, je peux tout déchirer en moi et tout perdre pour éloigner Josué des longs suicides de la fièvre. Rien de plus conforme à sa nature que cet abandon monstrueux à la fantaisie! Il veut cette sorte d'oubli. Je le refuserai.

Josué ne m'a jamais appartenu. C'est un dieu d'ombres et de délires secrets mais ce n'est pas un homme qui possède une femme. Il est mille choses délicieuses et imprécises à part un être humain responsable. Il partage la folie des enfants sans siècle: la métamorphose des jeunes exilés.

J'ai senti une flamme de vie à ma taille, j'ai écouté battre toute l'âme d'une enfant dans mes veines, et l'amour dans mon cœur, je suis vivante, saine et raisonnable à ma façon, mais Josué est le reflet qui se multiplie, la nuit désarticulée en fantômes: il approche les hommes et les choses sans les connaître. Il vit dans une fugue continuelle. Il est venu vers moi pour m'entraîner dans son pays de brumes et de dangereuses féeries, il a caressé mon corps avec des mains innocentes et j'aurais dû comprendre dès le début que cette innocence me tuerait puisqu'elle était plus perfide qu'un maléfice. Oh! Enfant malade loin de mon cœur! Oh! L'homme démuni que l'on regarde avec des yeux pleins de larmes! Penchée sur le visage indifférent de Josué, je sais que je ne l'ai pas choisi mais qu'il m'a choisie pour le pire. Le jeune homme des ombres, si attirant parce qu'il était inhumain de candeur, ne me laissera que la maison d'odeurs et de songes, peu de choses vraies: il me laissera une petite fille sans consistance comme lui, une fleur seulement faite d'un peu de rosée.

Après l'étranger, l'homme de l'illusion vient se détruire de lui-même. J'attendrai...
— Écoute, Josué, j'attendrai...

Nous vivrons encore des jours insouciants, mais des jours de convalescence...

— Josué, c'est l'été, nous devrions quitter la ville et aller à l'Île Noire. Là, tu guériras, je le sais.

Sur cette île, nous avons commencé notre aventure, autrefois. C'était au temps inexploré de toutes sortes de naissances: naissance à la fugitive pudeur des garçons, naissance à la passion inexprimée, puis à l'amour qui ne connaît rien des gestes.

J'ai grandi libre comme Josué qui languissait sur les grèves du matin à la nuit. Mais j'ai soudain désiré la réalité de la vie et ma propre réalité d'enfant responsable, tandis que Josué n'a accepté que le monde changeant et inoffensif des plages, le rythme de la mer. Depuis, il y a deux mondes en Josué, le monde comme l'imaginent tous les hommes, et ce monde visionnaire de l'enfance; mais l'un de ces univers n'a pas trouvé sa place et il a tout assassiné autour de lui.

Nous partons pour l'Île Noire. Ma fille vivait plus chez Geneviève que chez moi, je ne la reprends pas pour les vacances. Toute dans l'angoisse du mari à aimer, ma petite fille m'émeut de trop loin. Elle prend la transparence d'un souvenir lancinant, l'image du désir trop achevé. Je la retrouverai peut-être ensuite, mais elle doit me laisser encore beaucoup de temps. Je ne suis pas à elle comme Josué n'est pas à moi. Je l'ai enfantée trop vite, avant toute connaissance.

Josué disait à la naissance de Roxane: «C'est un ange qui a créé le corps de cette enfant.» Non, il ne sent pas que cette chair est à lui, qu'elle vient de lui. Des profondeurs de ses songes, elle lui est inconnue. Cette pensée m'endurcit et me révolte parce que j'ai appris moi-même à ne plus être mère quand je le savais si instinctivement hier.

Et maintenant nous préférons le désordre des plages vives pour assister à cette première fin de nous-mêmes. Nous sommes stupidement jeunes dans le détail des jours.

Nous traversons sous le soleil des paysages que nous effleurons à peine de regards troubles. Et viennent ces départs en trains, ces gares où nous attendons l'oasis. Si une fièvre soudaine atteint les joues de mon mari, je pense: «Le mal inconnu, le rêve, son rêve.» Et je suis jalouse. Dans le silence trop sensible des voyages, je trouve que mon mari ressemble à une longue bête grise, paresseusement avide de glisser dans le brouillard du matin. Et puis à un enfant, son corps lui-même a quelque chose de trop nu et de trop frémissant qui ne se compare qu'à la tremblante beauté des corps d'enfants.

Et ce que je désire en lui, c'est l'homme. L'homme fort qui fera éclater mon âme, d'un seul mot. Le rêveur est là, main ouverte sur le genou, et il attend une autre femme que moi, lui aussi...

Deuxième partie

« Pourtant l'amour, qui est l'égoïsme à deux, sacrifie tout à soi et vit de mensonges. »
R. Radiguet, *Le Diable au Corps*

L'Île Noire.

Ce pays où a grandi, aimé et vécu l'homme que j'aime. J'ai rêvé à cet été où nous avions dormi dans la paille, chanté à la pêche et rencontré toute une jeunesse moqueuse qui venait chaque saison faire revivre l'île morte.

En quelques nuits, j'ai senti en Josué cette patiente chaleur qui ravit le corps d'une femme. Et j'ai remplacé la fièvre comme une illusion adorée. En quelques jours aussi, nous avons repris nos promenades sur les plages mouillées, nos mains et nos pieds ont reconnu les empreintes du premier été.

Josué se réserve une plus large part de songe inquiet. Dans ma passion, je voudrais arracher l'épine

empoisonnée qui dort en lui. S'il s'offrait à l'été!
Mais il y a trop longtemps qu'il a cessé d'être pur.
Il lui faut une compagne de mystère, sa mélancolie
errante. Souvent, quand nous revenons du bain, main
dans la main, Josué tourne vers moi une tête ravagée
d'homme malheureux. Mon regard ne sait pas redresser ce visage. Il y a alors des silences blessés comme
nous. «C'est un ange, c'est un monstre, c'est un
joueur.» Mais aussitôt ma tristesse s'évanouit et j'oublie que je viens de souffrir.

Nous marchons dans les bois par les aubes de
rosée, l'épaule de mon mari accueillant ma nuque.
Nous oublions nos deux vies dans une existence
facile, tiède comme un fruit.

Avec les derniers jours de vacances, quelque
chose d'obscur m'enveloppe. Je ferme les yeux sur
le lendemain. Cela vient, avec le temps des brumes,
cela serre mon ventre comme l'appel de la mort.

Il est sept heures. Josué m'a aimée toute la nuit
sur la grève. Je commence à avoir sommeil mais un
sommeil lisse où mon corps se sait compris: mon
cœur bat en confiance avec ma chair. Cela est nouveau pour moi. Je n'ai pas fini de goûter à tous les
sommeils de l'amour. Alors, alors commence cette
chute de brume sur la mer. Une brume fixe qui jaillit sournoisement des vagues. Josué se lève et regarde
la brume. Son regard est beau, vaste, noir, mais ce
regard n'a jamais été aussi beau et aussi vaste pour
moi.

— Rentrons, Josué.

Il ne comprend pas. Il contemple le champ de brume.

Huit heures. Et la brume a envahi la plage comme elle a envahi les pas de Josué et son lent corps indompté. Il ne me reviendra pas. Ma présence n'est qu'un mauvais souffle. Je ne l'empêcherai plus de marcher, de fuir et de mourir. Il n'est pas à moi. Il était attendu par ce refuge d'ombres. Il a trouvé des amantes de sable et un vide infini.

Neuf heures. Josué revient. Il sort de la brume, secoue la tête en riant. Il se rassure lui-même.

— Quand j'étais enfant, je marchais longtemps dans la brume. Pourquoi ne m'as-tu pas suivi, Yance?
— Et là, qu'as-tu vu?
— Des ombres.

Je saisis sa main.

— Mais tu pleures, toujours comme une petite fille, des sanglots, des colères et jamais de désespoir!

Bien sûr, chéri, comme une petite fille mais enfin, le désespoir...

J'ouvre les bras et je l'étreins si fort que cela me fait mal dans la poitrine. Il rit, il chante ce rire inoubliable dont la vibration ne quittera jamais mes tempes. Sur les lèvres de Josué, je reconnais l'aigre odeur de la fièvre. La maladie renaît. Moi, je meurs.

— Demain, Josué, amène-moi à la ville.
— Yance, mais qui donc te fait si peur?
— Je veux aller à la ville.

Comme il y a des fièvres qui viennent et partent au rythme du voyage il y a des paroles et des pensées qui jugent et condamnent au rythme de la vie.

Josué, je suis là et j'attends la fin de la fièvre, et je te dis: «Parle-moi, puisque nous nous quitterons demain.»

Oui, tu es libre de moi. Le diras-tu que tu me renies pour les ombres? Je suis penchée sur ta mort et tes ennemies nous environnent. On me tranche comme on tranche le blé. J'ai aimé ton esprit et ton corps jusqu'au délire: ta plus humble pensée pour moi a nourri une espérance éternelle et j'aime aujourd'hui ton esprit et ton corps dans le repos. Aux yeux de ma tendresse, tes bras sont les plus majestueux du monde quand ils ne sont pour toi que deux bras tremblants et gauches. J'ai aimé ton front et j'ai cru en des pensées nobles que tu n'as peut-être jamais eues. Cela, qui le fera à ma place? Tu es douloureux d'innocence. Mais à quoi cela sert-il mon amour d'être innocent de cette façon et de ne pas avoir la force d'appartenir à une femme? Moi, je ne veux plus te porter. Pars. Mais que deviendras-tu? J'étais là. Je te guidais. Comme la lueur inévitable que l'on sent à peine à travers les ténèbres. Et moi, sans toi, je serai plus nue encore. La liberté est tragique et tu es trop faible pour elle. Josué, comme je t'aime et comme je te plains! Josué, Josué, je suis ta femme, te souviens-tu de moi?

— Écoute, Josué...

Ma femme Yance, je te quitte. Je ne me sens plus capable de t'approcher. Comme nous serons en paix, mon amie, quand nos deux luttes seront séparées! Je voudrais tant être à toi comme tu es à moi, mais je n'ai rien choisi encore et je ne saurai quoi choisir demain. Ce qu'il me faut, c'est l'illusion obéissante comme un paysage qui invente ses formes chaque jour; ce qu'il me faut, c'est le compagnon voyageur de ton âme, Yance, ton âme, oui mais toi, corps lucide qui me supplie de son vaste regard, toi, l'intransigeante, tu me dépouilles de rêves pour ne t'animer qu'à une passion sèche, toi, faite de tout ce que je ne suis pas, je ne puis te suivre.

«Josué, tu es mon mari.»

Elle m'a amené sur cette île pour avoir mémoire du bonheur de nos quinze ans.

Je ne sais plus lui parler parce que je ne suis plus à elle. Yance, tu me juges donc? Je n'ai pas choisi les brumes: elles sont venues à moi. J'ai grandi dans le songe vivant de la mer, j'ai grandi avec les pêcheurs qui tiennent le ciel des eaux entre leurs mains labourées, j'ai touché les ombres, je les connais. Tu me juges, toi qui as vécu dans les villes? Toi qui connais les murs profonds et les maisons sourdes. Toi qui viens du bruit des villes avec ton pas sûr.

Quand on est fils des eaux et des plages on se sent appelé par le vent. J'ai vécu dans mon île jusqu'à treize ans. Ensuite, les villes se sont ouvertes devant moi comme des blessures. Et tu étais là. J'ai dit: «Allons vivre là-bas, chez moi.» Et tu as ri, et tu étais déjà trop sûre de moi. Et de tout, Yance.

Je suis un homme qui quitte sa femme pour une enfance de brumes. Et cela n'est pas bien. Mais comment appartenir à un siècle, à une femme? Je manquerais de douceur ou je serais trop doux. Ou je serais violent et trahirais le désir d'infini qui s'empare de moi. Et cela n'est pas à elle. Femme, ma sœur, qui suis-je?

J'ai ouvert les yeux et j'ai senti vibrer son profil sous la lampe. La lampe. Les lampes. Dans notre vieille maison de l'Île Noire nous avions trop de lampes. Et dans notre maison de la ville, nous avons acheté beaucoup de lampes, pour la magie des temps passés. La lampe bleue de notre chambre. La lampe grise sur le piano. La lampe aux reflets mornes près de la cheminée. Et les lampes d'études que tu venais allumer quand je rentrais du collège. Ton bras mince que je pressais alors, et toi qui souriais. Tu disparaissais aussitôt. J'écoutais ton pas dans l'escalier, tous les soirs.

«Le premier été à l'Île Noire.»

Où sont les sables brûlants, et les sentiers, et les rochers immenses? Mais où est le bonheur, dis-moi, Yance, dis-moi...

— N'oublie pas l'enfant. As-tu pensé à l'enfant?

Non.

C'est toi qui as désiré l'enfant et moi j'ai trouvé beau ton désir. J'ai aimé l'enfant. Mais quand j'aime de tout mon cœur, je ne sais pas encore aimer. On dirait que rien ne m'est précieux, vraiment. Si je pouvais te dire cela, tu comprendrais. Tu as tout compris en moi. Demain nous serons seuls.

Je vois ton visage, Yance, et en toi je retrouve tes seize ans. On ne voyait que ses yeux. Noirs, d'un feu trop lourd pour un regard d'enfant. Je ne me souviens pas de ses cheveux. Bruns et noirs et très souples dans la main d'un homme. À la naissance de l'enfant, Yance est devenue un peu plus Ombre. J'ai oublié ses yeux et sa chevelure.

La réalité des brumes est plus vivante que toute autre réalité. Dans la chair je meurtris et je suis meurtri. Dans la vie, je ne sais pas où est ma place. Yance, auras-tu pitié de moi? Me laisseras-tu partir?

— Tu partiras comme tu le veux.

Elle entend tout.
L'été des seize ans... j'ai serré tes genoux entre mes doigts. Ce geste qui signifie pour moi le premier effeuillement d'un corps. J'ai effeuillé tes genoux, Yance. J'ai goûté à tes muscles avec mes doigts tendus. La femme qui a été aimée sait beaucoup de

choses. L'homme qui a aimé est soudain frappé d'une lumineuse déchirure charnelle comme la faim.

Elle m'a amené à l'Île Noire pour savoir comment ressuscite un homme tué. Je n'étais pas complètement absent. Je la regardais vivre parfois. Et je vivais avec elle, pour lui plaire, à ce rythme inconnu de moi-même.

Ma folle amie avait une espérance insensée comme la mer. Je lui donnais mes évasions, en échange. Pourquoi me suis-je attaché à elle? À ses pas? À ses dents captives dans un baiser? J'ai cru ne plus jamais redevenir le garçon de cendres que je suis, imprécis, avorté au fond de lui-même, à la fois désespéré et rieur.

J'ai pensé: «Prends la femme de chair et de sang.» Je l'ai prise dans les bois, sur le sable, sur les rochers, je la possédais partout et elle cédait, abandonnée à tous les naufrages. Pourquoi serait-elle à moi, cette petite fille dorée couchée à mon flanc? Pourquoi en être le ravisseur éternel?

Au bout de nos deux routes différentes, je sais qu'elle sera là, peut-être dans vingt ans, peut-être dans dix ans, les bras ouverts... Et je l'aimerai enfin.

— Ouvre les yeux, regarde-moi.
Courageuse amante, c'est avec cet amour de chair qu'elle lutte et veut me soutenir dans ma fai-

blesse. Elle se lève. Son pas écrase le brouillard de mes pensées. Oui, qu'elle vienne à moi.

— Bois.

Je sens ses doigts contre ma joue humide. J'aime ses doigts. Elle le sait. Je respire le parfum d'encre de ses doigts. Elle a chassé la fièvre de mon corps. Elle veut me donner le soleil d'une pensée.

L'été inachevé. L'amour inachevé. L'Île Noire était un pays jeune à notre mesure. Les grandes villes honteuses dormaient à l'intérieur de nos peines. Les villes ouvrières. Et les villes sensuelles qui ne devraient vivre que la nuit. L'Île Noire était l'Île du Jour.

Elle embrasse mon front. Puis mes lèvres. Je la désire d'un désir obscur qui ne me pèse pas. Et elle pleure. Il ne faut pas. Habitue-toi à penser que je pourrais ne plus exister. Je n'ai pas pris l'habitude d'être. Oh! Sois sage, essuie tes larmes du bout de tes cheveux, mon pauvre roseau déchiré!

Oui, nous avions cette île et des maisons abandonnées et des bois et des petites plages parfumées où tu dormais dans mes bras. Tant et tant d'oiseaux sur cette île! Je me rappelle. Le matin, tu te roulais dans le grand lit blanc et tu chantais une chanson du désir, entre les dents:

Mon ami a endormi ma taille dans sa main droite
Mon ami a cueilli mes épaules...

Chante. Chante. Nous descendions nus à la grève et je prenais ta nuque entre mes doigts au moment où tu commençais à penser à autre chose qu'à moi. Et je te prenais, toi, au moment où tu pensais trop à moi. Chante. Chante, Yance. Autrefois, ce n'était qu'une enfant aux seins vides et au ventre mince qui chantait la chanson de la femme! Je la revois là-bas, chaude comme le sel sur les pierres, comme l'empreinte de son coude dans le sable incendié.

— Et les méduses...

Chante, Yance.

Je revois Yance. Cheveux courts, cou trop long qui m'éblouissait de jolis mouvements. Cou d'enfant orgueilleuse. Elle était là, réservée, sage et franche dans sa dignité un peu animale. Elle fixait ses secrets sur la ligne du soir, elle regardait mourir les algues.

Je la revois agenouillée sur l'herbe, l'après-midi. Femme qui coud, femme qui médite sur un vêtement parfumé. Et cette chemise, parfois, elle la presse sur son cœur, sans trop savoir ce qu'elle fait. Ce geste avait pitié de moi. Yance, je vous vois danser près de la lessive nouvelle, Yance, vous m'embrassez respectueusement après l'amour et vous êtes si vibrante que je sens soudain toute la merveille tressaillante que je vous fais porter. Tu m'aimes.

Lui parler. L'impossible parole. Je ne trouve plus l'équilibre des mots. Elle attend. Je voudrais mordre sa bouche pour en tuer le goût qui me poursuivra. Vite, ferme les yeux, Yance.

Je te quitterai demain.

Troisième partie

La femme regarde l'homme et elle dit: «Mon amour, je crois que c'est la fin de nous-mêmes, la véritable.»

Elle ne veut pas savoir pourquoi le malheur est né de l'amour. Bientôt, elle entendra l'homme courir dans la pluie. Et elle pressent cette passion irrésistible qui la poussera à tendre à l'homme des bras vidés d'étreintes.
— Quel âge as-tu?
— Vingt ans.
Sa voix à peine plus dure qu'hier et moins triste que demain.

Elle goûte à des pensées qu'elle n'aura plus pour lui. La belle tendresse gauche appartient à ceux qui vont partir, comme à ceux qui vont mourir. Elle ne dure qu'un instant et pourtant elle est farouchement éternelle. C'est une tendresse qui n'est pas apprivoisée.
— Et où iras-tu?

— Je connais des villes près de la mer, à l'Ouest, dit l'homme.

— Moi aussi, je connais des villes très lointaines, dit la femme.

Elle redoute l'aube prochaine. Elle pense: «Je serai libre!» Mais cette liberté a pour elle un poids de défaites. «C'est lui le mauvais triomphe, et il part.»

— Et puis, une ville pour oublier, c'est beaucoup.

Il y a aussi cette enfant que l'on abandonne dans la maison de Geneviève. «L'enfant de son rêve s'évanouit enfin.»

— Je penserai demain à Bien-Aimée Songe.

Demain. Là, on pense à un homme que l'on quitte. On éloigne de plus en plus l'amertume. Il n'y a que la nudité froide de la séparation. Et on se hâte de se souvenir, croyant se hâter d'oublier.

«Il réussit à atteindre les ombres mais en moi, il est chair, il me résiste trop.»

Elle dit soudain:

— Et pourquoi existes-tu?

Elle le blesse dans son vertige. Elle en a peut-être le droit puisqu'il part. Et il lui prouve maintenant qu'il ne lui appartiendra jamais plus.

— Mais tu n'existes pas pour moi.

— J'existe comme le vent, je t'avais dit de te méfier de moi, dit-il.

LE JOUR EST NOIR

La colère les embellit, ils se redressent vivement, ils ne baissent plus les yeux:

— Viens avec moi, dit l'homme, ce n'est que le soir. Viens avec moi et obéis à mes mains. Ensuite, je te quitterai.

— Non, je ne veux plus obéir. Tout est fini. Partez.

La révolte est le dernier fruit de leur amour. Josué aime ce goût du combat qui agrandit les prunelles de Yance et durcit les nerfs de son cou.

La courte veine, sous les mèches du front, s'enflamme elle aussi. Josué naît à une passion magnifique: il pense à son désir qui fera ployer la nuque longue et tendue de Yance.

— Partez vite!

L'homme prend la femme interdite dans ses bras et il la porte sur le lit. Yance garde ses yeux nouveaux, ses yeux de sombre mépris et d'audace fiévreuse.

— Tu es belle, dit-il.

— Comme je te hais!

Elle est délivrée de lui. L'homme rit et lui caresse les cheveux.

— Tu es bien maintenant, chérie.

Il la déshabille, la comble d'étreintes et de morsures humides et elle se laisse prendre dans un abandon lumineux, attentive à la seule ondulation de l'homme sur son sein. Elle referme le chant de l'homme dans sa poitrine. Son ventre frémit doucement. Elle resplendit de secrets et elle n'offre plus de regards à l'amant. Ainsi, pense-t-elle, il peut partir.

Il part. Elle n'a pas oublié les gestes quotidiens qui suivent l'amour. La main humble qui se pose sur la chemise, replace une cravate, la main effrayée qui fouille une chevelure en désordre, caresse la joue hâlée. «Chéri, vos joues sont couleur de sable. Il est vrai que vous venez de la grève du Nord.» Elle le chasse aussi comme il tarde à la regarder et à la trouver belle de cette beauté qu'il vient de lui donner.

Elle le chasse à minuit et elle dit: «N'oubliez pas de fermer la grille du jardin.» Et elle revient à sa chambre silencieuse. Elle a répudié ses vingt ans.

Raphaël, Raphaël, est-il déjà minuit?
Marie-Christine voudrait lui demander comment minuit est venu si vite, mais elle se tait; l'homme est trop près de son cœur. Le désir est passé mais il est encore hésitant, comme le soleil, entre deux lignes de pluie, à l'aube.
«Marie-Christine, proche, froide, consumée et désespérément présente.»
— Je veux être une grande comédienne, mais laissez-moi partir pour un pays heureux! Je n'aime pas ce pays de neiges où j'ai grandi, et ces amours glacées que l'on y vit...
— Mais moi, Marie-Christine, penses-tu à moi?
— Vous me suivrez.

Raphaël écoute le battement du poignet féminin contre sa nuque. Avant c'était lui qui disait: «Tu me suivras.» Et elle s'offrait dans son enfance horrifiée, son enfance palpitante de sensualité. Et elle ne pouvait que lui être soumise. Mais elle a vieilli et elle a trouvé dans l'amour toutes les raisons de ses folies et une vie vagabonde jusqu'alors inconnue.

À vingt ans, elle a le visage de ses trente ans. Raphaël connaît les masques de ce corps, proches du déséquilibre de son propre esprit.

— Oui, vous me suivrez et nous irons là où je veux vivre...

Sait-elle que l'homme consent à tout puisqu'il la possède et qu'il ne comprend plus rien à part cette minute exaltée où se perdront beaucoup d'années de sa vie?

— Je partirai avec vous.

Il partira pour ne plus penser au désastre qui l'obsède. Il partira sans songer à son pays et aux neiges de son pays qu'il aime, mais il sait qu'il ne peut vivre que dans ce pays qui est le sien, celui où il a installé son goût de la fin et de l'agonie.

Raphaël renaît au temps et aux choses. Il entend la grille du jardin que l'on ouvre — et des pas, et la pluie sur ces pas.

— Marie-Christine, il est bien minuit.

Quatrième partie

«Un triste et calme vent inconnu sous les astres
Qui n'était pas venu d'horizons cardinaux
Étendit sur le golfe le jour bas du désastre
Le vieux monde est brisé, préparons les vaisseaux.»
                                                    Max Jacob

— Et où étais-tu?
— Dans la brume. Je marchais.
— Je t'attends depuis l'aube.
— Bientôt, tu ne m'attendras plus.

Je cherche ma femme. Je la perds, dans les bois comme à la ville. Elle disparaît dans des évasions multiples que j'ignore. Je suis jaloux de toutes ces choses muettes qui l'enveloppent, de ces rencontres mystérieuses qu'elle évoque devant moi. Comment l'arrêter dans ce mouvement de fuite? Elle ne rit plus. Elle regarde les fenêtres ruisselantes de chaleur et de pluie.
— Tu es un homme dur, Jessy.

— Peut-être.

Je suis penché sur mes dessins épars et parfois je la regarde, j'épie l'offrande de ses doigts et le frémissement de ses genoux serrés. Je voudrais boire tout ce profil éperdu!

— Depuis que je suis ta femme, Jessy, je sens que j'ai des mains d'esclave. Je ne dessine pas son visage car il ne m'appartient pas. Pourquoi est-ce après un an de mariage qu'elle se refuse dans tout ce qu'elle m'a donné? Je la vois me fuir comme l'algue morte qui cherche le rivage.

— Et qu'as-tu vu sur la grève?

— Toutes ces choses heureuses et belles parce qu'elles ne sont pas humaines.

Combien de fois me dira-t-elle qu'elle a mal d'exister?

Elle me reproche sa propre existence. Elle me juge de l'avoir créée dans mon amour. Ce premier cri, quand je l'ai prise à quinze ans: «Jessy, ce n'est pas ce que je veux être: ai-je demandé à naître?»

Et elle a dix-huit ans et elle est ma femme et je n'ai pas réussi à la faire entrer dans le royaume des vivants. Je lève la tête. Elle n'est plus là. La porte entr'ouverte bat dans l'après-midi. Roxane court vers la grève et la trace de ses sandales fleurit ses pas un peu partout.

Que ses cheveux sont noirs sous la pluie! Cette chevelure semble vouloir se dissoudre dans les ténèbres, indifférente à toute caresse. Je pense aux mains de Roxane qui me chassent.

Son œil brille de cette fureur rêveuse que je redoute.
— Alors, chéri, suis-moi.
Elle me lance dans la poursuite de ses pas, de son ombre. Elle se fait fluide et longue. J'empoigne un instant la rafale de ses jupes mais elle m'échappe aussitôt.

J'entends la voix haletante, la voix plus inconnue que jamais:
— Pas ici, il y a trop de boue, c'est comme un marais.

Je ne l'écoute pas. Je mords ses lèvres, je la meurtris toute, en songeant que, si elle se refuse à moi, elle ne se refusera pas à la douleur ni au plaisir. Je veux broyer son corsage d'un bras lourd et mort: elle gémit, tout son visage détruit et illuminé à la fois par la peur ou un sombre goût de l'ivresse.

— Lève-toi, dis-je.
Elle se lève sans me regarder et cherche ses sandales au bord de l'eau.
— Tu m'as fait mal aux chevilles.
Nous rentrons pieds nus, l'un derrière l'autre, inexistants, obscurs à nous-mêmes, comme les hommes d'une même lutte et d'une même défaite.

Les nuits nous sauvent. Les jours ensoleillent les ravages. Je ne peins jamais le corps de Roxane. Je ne saurais comment lui donner forme. Si je la retrouve, c'est au matin, dans la contemplation des brumes, si fixe et si lointaine que je me hâte de la mépriser.

— Mais que cherches-tu dans ces brumes maudites?

— Ce que je cherche, Jessy, c'est comment retourner d'où je viens.

— Mais tu viens de la vie comme moi et tous les êtres.

— Il me semble que je suis née comme un rêve, dans un rêve...

J'ai vingt ans. Je cherche à savoir qui est Roxane. Je veux pénétrer ses voiles de sommeil.

— Qui est ton père? Tu n'en parles jamais.

— Il est peut-être mort. Il ne semble pas exister. Je ne le connais pas. Et ma mère est sans doute dans une ville inconnue comme beaucoup de femmes qu'un mari a quittées.

— Tu as des souvenirs, tu as eu une enfance...

— Mais si j'avais des souvenirs je saurais d'où je viens et pourquoi je ne semble pas appelée à vivre. J'ai été élevée par une tante. Tu la connais. Geneviève. Tu m'as dit en la voyant: «On ne sait pas si elle vit ou si elle dort.» Cette femme pense à un enfant mort depuis des années. Tu sais tout cela, Jessy.

— Et toi? Et toi?

— Si je suis venue au monde c'est peut-être pour

réincarner cet enfant. Mais je ne veux pas exister à la place d'un autre.

Encore un peu de temps et elle oubliera le sortilège.

Je rétrécis le monde autour d'elle et autour de moi et notre jeunesse se transforme en course de captures. Bientôt, j'obligerai Roxane à ne partager qu'une chambre avec moi. Comme les enfants qui jouent la vie, avec une maladresse désabusée, je fixe le monde entre deux murs. Retenir l'âme, un seul instant, quelle tentation!

Et il y a cette chambre pour vivre et mourir. Roxane ne cherche plus de brusques évasions dans les bois, elle est indifférente. C'est une somnambule triste. Elle ne sait plus vivre avec elle-même. En lui arrachant son goût de l'irréel, je lui ai arraché sa réalité.

Il y a un réveil, la chambre abonde de merveilles, mais ma femme oublie encore qui est l'amant de sa plénitude: elle m'abandonne dans le plaisir.

Je ne sens pas de similitude entre son âme et la mienne. Je viens d'une autre génération: de la génération des hommes, j'ai déserté l'immense rêve pour une réalité du présent, du futur, ou bien j'ai préféré l'humilité des choses quotidiennes à cette torpeur sans nom où se perd la pensée de Roxane. Ainsi notre chambre se referme sur une pitoyable découverte...

Septembre approche.

Nous retrouverons bientôt la grande ville que nous habitons pour mes études. Nous serons de nouveau à court de paroles et d'espace dans notre petit appartement de la maison des étudiants. Mes amis, mes camarades me consoleront de leur vivante sécurité. Mais Roxane ne se fixera à personne et plongera seule dans son grand désarroi.

Octobre. Les études.

Une maîtresse passagère et sans visage parfois, comme une vive lueur méconnue avant l'ennui. Et cette femme qui reste là, étrangère et belle, je l'aime sans doute par désespoir.

Pourtant je suis heureux quand elle semble prendre goût à cette vie où elle est, à cette vie où nous sommes. Quand elle regarde le pain avec joie, quand elle chante en lavant ses cheveux. Voici que je la cherche sous les traits d'une femme humble qui se contenterait du bonheur des jours qui se succèdent, joyeusement...

Novembre.

Elle attend un enfant. Je le sais. J'ai senti la blessure naissante et gonflée, hier. Elle se laisse rafraîchir par son sang et elle tient les bras serrés sur son ventre. Elle se méfie de toute force extérieure à cette faiblesse sacrée qui est dans son corps.

— Tu attends un enfant.

— Mais il ne viendra pas au monde. Je ne veux pas.

Mais moi je veux cet enfant. Je veux fixer ma vie dans le temps avec cette petite chose informe qui attend. Je ne penserai qu'à l'enfant et il vivra.

— Jessy, il faut guérir dès aujourd'hui de la douleur que je te ferai! Tu n'auras pas d'enfant.

Roxane s'éloigne de moi. Je vois sa taille douloureuse et ses poings révoltés. Son esprit veut perdre l'enfant mais sa chair l'aimera.

Avant le prochain automne, avant la pénible saison, avant la fin du monde, j'aurai un fils.

Les neiges. Je ne suis plus un étudiant. Je suis un futur père et un futur amant et je sais qu'il faudra tout recommencer. Avec Roxane, je suis en attente de l'homme qui foulera ma noire adolescence.

Je ne peux plus peindre: je suis en pays étranger dans mon esprit. Mon sang se refait, mes nerfs m'éblouissent d'extrêmes patiences. Je trouverai moi-même un siècle et une âme à l'enfant qui vient. Les neiges. Dures, fines, dures comme cette nature blanche qui nous étreint. Nous avons quitté la ville pour le temps des neiges. Ma femme se reposera mieux ici, au seuil de ces bois désertés. Je savais qu'un monde inestimable nous serait offert.

Roxane marche à mes côtés. Je pense à l'enfant tandis que nous enfonçons nos pas dans la couleur sourde de la neige.

— Vois, Jessy, j'étais sincère quand je ne voulais pas l'enfant et je suis sincère aussi quand je le désire. Que s'est-il passé?

— Tu as compris qu'il était plus simple de devenir une femme que de rester une Ombre.

— Mais ce que tu ne comprends pas, c'est que je porte l'Ombre.

Pourquoi cherche-t-elle encore à justifier une existence perdue?

— Tu crois donc que je le faisais volontairement Jessy? Je t'aime. Je serais toujours auprès de toi si quelque chose ne m'appelait sans cesse, comme si j'avais envie de retourner au néant. Mon père doit être un grand dieu de brouillard et de nuages. Tu ne crois pas?

Comment arrive-t-on à vivre aussi dépourvu d'appartenance? De quelle race insoumise vient ma femme?

Je l'ai prise dans mes bras près de la souche gelée et je l'ai embrassée dans le froid — et cela, cela, je le lui ai dit en pleurant, s'appelle peut-être nos premières noces.

Notre maison d'hiver. D'autres ont sans doute cherché à sauver leur amour pendant l'été. Nous, nous nous sommes égarés l'un et l'autre dans l'été. Et c'est la saison la plus désespérée entre toutes, la saison noire, cette fille sauvage qu'est l'hiver qui nous pousse à prendre conscience. Ainsi, l'âme commence à dévisager le corps.

— Tu entends la neige qui fond sous mes bottes, Jessy?
— Oui, j'entends.
— Tu entends le feu?
— Oui, j'entends.
— Tu entends tout pour la première fois.
Elle me rappelle la jeune fille que j'aimais à treize ans, en un hiver défunt.
— Tu as aimé d'autres femmes, Jessy?
— Oui.
— Et depuis notre mariage, Jessy?
— Oui.

Le feu a repris dans la cheminée. Le chat se réveille au fond de la chambre. Il plante son regard rond devant les flammes. J'ai déjà peint les yeux du chat. Et Roxane avait dit: «Des yeux qui ont faim.» «Et de quoi ont-ils faim?» «Ils voudraient être des yeux d'homme.» C'était au temps des profondes ignorances. Pendant l'été, près de la mer.

Roxane croit que les bêtes ont inconsciemment le désir d'être humaines quand les hommes ont consciemment le désir d'être des bêtes. Elle déplace l'âme des autres parce qu'elle ne sait quoi faire elle-même de son propre destin. Je voudrais me méfier de son charme qui est le charme de la mort.

LE JOUR EST NOIR

L'enfant endormi n'a rien vu
L'enfant que j'aime a rêvé
Il n'a pas vu mourir le jour.

— Que chantes-tu?
— La berceuse que l'on chantait à Nicolas.

L'enfant a cueilli les marées douces
Entre ses mains innocentes.

— Et cela?
— Geneviève dit que mon père a écrit ces vers pour moi.
Elle chante encore:

L'enfant reviendra dans la maison des ombres
Au matin des hivers,
Au matin des flûtes blanches
L'enfant reviendra à la maison des ombres.

L'enfant a tressailli au secret de cette femme. Je suis désemparé.
— Jessy, on me consume!
— Parle-moi.
Elle cache son visage dans ses mains.

La neige tombe encore, depuis des jours et des nuits. Jessy est redevenu un jeune homme blessé et il a repris son visage candide et vulnérable. Sa bouche est déçue à nouveau, son front, révolté. Jessy est là, à côté des choses et de l'allégresse absurde et il est accablé d'impuissance. Demain, la femme sera assez détachée de sa souffrance pour dire: «Comme il a neigé hier et que mon enfant me déchirait!» Mais tout sera fini: on aura mis la révolte au repos, on sera détendu, immobile...

Elle aura oublié le sang répandu. Elle aura tant vieilli qu'elle n'aura plus d'âge. Toute sa douleur ne serait qu'une douleur de femme humiliée si elle ne la voyait doublement reflétée sur le visage de son mari. Il ne lui cache plus combien il souffre d'elle. Maintenant l'échec de l'amour est écrit sur sa bouche.
— Parle-moi, Jessy!
«Mon amour, je te quitterai demain. Ou ce soir. Et tu chercheras ton bonheur toi-même et tu le trouveras, j'en suis sûr. Je suis las de te voir dévastée à cause de moi. Je te quitte et c'est moi qui ne trouve plus l'endroit où vivre maintenant. Mais toi, tu le connais. Tu as choisi le pays le plus facile: celui des ombres, le pays du jour perpétuel. Qu'attendrais-je de plus, chérie? Les autres femmes ne pourraient plus me comprendre dans l'homme que vous avez fait de moi.»

L'Enfant reviendra dans la maison des ombres
Au matin des hivers
Au matin des flûtes blanches.

Déjà nous ne sommes plus ensemble. Nous sommes séparés.

— Nous avons fait un mauvais rêve. Est-ce notre faute?

— Adieu, adieu Roxane, je suis déjà trop loin de toi pour t'entendre.

— Et où vas-tu, Jessy?
— Je sors. Je veux marcher dans la neige.
— Il faudra rentrer avant six heures.
— Oui, à cinq heures. Je marcherai dans la forêt Du Cygne.
— Hier, comme il a neigé! Que l'enfant me déchirait!
— J'ai oublié de faire un feu. Et tu as eu froid.
— Rentre avant le crépuscule.
— Oui.
— Alors, adieu, Roxane.

L'homme sort et il reçoit le froid dans ses entrailles comme un souffle de Dieu. Mais c'est un froid vague au vent sec. Il ne neige plus de cette neige qui a envahi le sommet des routes et semé dans les ténèbres les pas des petits écoliers. C'est un jour créé pour la paix d'un univers qui n'aime que la guerre.

Jessy a faim de marcher et son âme le nourrit. Une faim miraculeuse donnée par surcroît, une grâce bienveillante qui règne sur l'intelligence.

La neige entre dans ses bottes et pénètre ses vêtements. Autrefois, il tardait à rentrer chez ses parents pour tailler des petites filles de neige sur le trottoir.

«Cinq heures. Jessy, il faut rentrer à cinq heures.»

À cinq heures, les punitions. Cette neige fait du bien à sa chair. Hier, la neige guérissait son âme. Il ne veut pas rentrer à cinq heures, il veut regarder le soleil couchant sur la neige. Le jour des punitions, on ne voyait pas le soleil se coucher. Sa sœur venait lui offrir des tartines dans son lit. Il sourit. Après tout, ce n'était pas si triste... à cinq heures. Il ne se souvient plus du visage de sa sœur. Il se souvient des petits frères qui ne finissaient plus de grandir. Et lui qui était déjà si grand... Et des petits frères que sa mère baignait tous ensemble le samedi et le mercredi et de ce sentiment de solitude qu'il connaissait, alors. Et des petits frères qui volaient son argent de poche. Il se souvient des premiers livres défendus qu'il lisait quand sa mère l'oubliait dans la chambre des petits. Deux mondes. Lui, l'aîné, et les cadets, et aucune place pour la sœur sans âge dans l'univers de l'enfance. La lumière de l'après-midi s'étend sur lui, sur ses pas, pas sur la neige rose.

«Je pourrais peindre, après tout ce temps.»

Il pense à ses camarades étudiants, à la maison où il vivait cet hiver. Ses jeunes amis mariés, et amants, et souples à la vie, énergiques et fervents. Il les aime. Et on l'aime lui aussi. On l'a beaucoup aimé. Il voit tous ces visages et autant de vies multiples.

La route des écoliers du village. Ensuite, il entrera dans la forêt Du Cygne, quand finira le chemin tournoyant de blancheur. Ses pieds brûlent d'eau de neige. Et il a froid à la nuque, comme lorsqu'il avait peur, très petit enfant.

Il aime ces écoliers tristes et chassés de l'école buissonnière, traînant des cartables mouillés et pleins de devoirs mélancoliques comme le sont les devoirs de l'hiver. Les héros des tempêtes reprennent plumes et crayons après avoir gelé leurs poings sur les routes poudreuses. Il aime ces gamins moroses qui reviennent à quatre heures, quand on commence à allumer les lampes dans la maison. Déjà on manque de sécurité et on rêve de repas paresseux, en silence. Ce soir, les écoliers passent de chaque côté du chemin et Jessy les contemple. Ainsi, il contemplait ses frères quand il vivait de la curieuse force des aînés. Il est toujours l'enfant épargné et l'enfant maudit.

Et il y a la rivière gelée. Et autour, la montagne, et la forêt Du Cygne.
Cinq heures.

Roxane avait raison. La neige commence à fondre ici. Mais la forêt est si seule, en ce soir. On pourrait sculpter de hautes vierges ici. Et les voir fondre jusqu'à l'éternité. Ses mains sont crispées. Il a vieilli. Un homme. Comme on devient vite un homme! Non, il ne retournerait plus à son enfance anguleuse...

Tout est bien ainsi. Il sent la perfection du temps et une sorte de perfection inachevée de la vie. Il ne veut pas retourner à quelque chose, comme Roxane le désire. Il prend tout ce qu'il veut prendre. Il est libre.

Le ruisseau coule. Et il le sent sous ses pieds. Une branche fléchit, là, à la droite de son coude. Un arbre d'argent offre ses racines au jour qui finit et Jessy croit entendre au fond de sa tête toute une sève engourdie et fauve. Il écoute les oiseaux de l'hiver. Une autre vie approche. Et cet arbre, en s'y appuyant, on se sent endeuillé de lui. On le respire lentement. On devient son cœur, on adhère à sa nuit. Jessy s'accroche à cet arbre et l'arbre le porte. Il consent à se pendre. Cela vient. Cela est venu: la corde est déjà nouée à son cou et la branche le retient et le sang commence à diminuer sa course. L'homme est au-dessus de la neige, le sol se retire. La neige fond à l'écorce de l'arbre, sous la nuque déchirée de Jessy, et dans ses vêtements. Elle coule sur ses reins, entre ses cuisses, glisse contre ses talons et se mêle à la sueur de son visage. Et comme le sang bat au ralenti maintenant! Comme le sang est tourmenté!

La forêt s'élève avec lui. Et tous ces visages qu'il a aimés fondent sur lui fiévreusement. Il comprend. Il va mourir. Il a choisi cette agonie tumultueuse. Il n'est pas désespéré. Il comprend que son sang se fixe partout dans sa chair comme la neige, il comprend que la corde enserre son cou et que sa respiration hésite comme un cri sur ses lèvres. Cela est venu si simplement!

Il s'étonne de ne pas souffrir et de ne pas penser à Dieu. Il est lié à cet arbre, il est lié à Dieu. Il se fait trop tard. Cinq heures. Les oiseaux chantent encore. Le ruisseau coule. Jessy voudrait avoir la force de couper la corde avec ses dents et de se jeter dans le lit de la neige. Oui, poser ses pieds dans le ruisseau, comme il y a un instant.

Il ferme les yeux. Tout s'est ouvert en lui, un déluge de passions et de désordres: son corps l'abandonne, son sang le quitte de toutes parts, ses yeux pleurent, ses épaules s'effondrent; l'arbre reste droit, unique, silencieux.

Il ne peut plus poser le pied à terre et tout refermer en lui: cette chair, ce sang, cette neige, et cette boue. Il oublie qu'il a peur. Les oiseaux chantent et l'arbre offre les mêmes racines dépouillées au ciel.

Il n'est plus cinq heures et le jeune homme est mort.

Cinquième partie

Marie-Christine.
L'homme regarde sa femme, Marie-Christine, absorbée à se vêtir. Inconsciemment, il est fasciné par le mécanisme féminin des heures du soir. Il vit à l'abri de lui-même.
— Raphaël, mon écharpe!
Il cueille tout son sourire endormi.
«Et ses enfants qui lui ressemblent si durement! Ils me donnent des ordres. Une monstruosité régnante a envahi ma demeure.»

Il tend l'écharpe d'un geste lourd. La femme secoue ses cheveux.
«Ah! Cette attente est provoquée par un homme que je ne suis pas! L'amant prendra, bientôt, à travers cette fausse sécheresse, un visage et un corps que je ne connais point. Je n'ignore pas le privilège des amants. Marie-Christine, pourquoi ce front si pur? Ce front appartient à mon fils préféré, Christopher. Cette innocence n'est pas à toi.»
— Où allez-vous ce soir?

— Je vous l'ai dit. À cette fête.
— Vous danserez encore?
— Est-ce que la vie n'est pas faite pour s'amuser? Vous être trop grave! Toujours dans une méditation épouvantée! C'est Dieu qui vous angoisse?
— Non, c'est moi, dit Raphaël. Mais aussi Dieu et le monde entier et toi-même, Marie-Christine. À vingt ans, je vivais en repoussant l'avenir. Maintenant je voudrais repousser le passé et le présent, ton présent, Marie-Christine.
— L'avenir, il n'y a que l'avenir pour les hommes, dit Marie-Christine, sans prêter attention à la pensée complice qui jaillit d'elle-même. Je mets des enfants au monde pour l'avenir.
— Ah! Ce désastre, Marie-Christine, ce désastre qui va fondre sur nous!
— Il arrive à tous les hommes de cesser d'aimer. N'ayez donc pas peur. Dans toutes les tragédies que je joue au théâtre, je suis une femme satisfaite de l'absence de l'amour.
— Autrefois, je suppliais ma sœur, je lui disais...
— Raphaël, assez, tu ne vieilliras jamais!
— Je veux revoir les neiges de mon pays.
— Non, je ne retournerai pas dans ce pays, Raphaël.

«Oui, je les reverrai. Les neiges ont pris racine avec moi. Tu ne comprends pas, Marie-Christine. Les neiges excusent la paresse des esprits et des corps. Toi, tu appartiens à un voyage. Moi, je suis de ce pays où la nature est seule comme les hommes.»

— Mes gants, Raphaël!

Il lui tend les gants sans la regarder.

«C'est l'amour et l'angoisse mêlés qui lui donnent ce corps victorieux.»

— Pourquoi n'es-tu pas venu dans le bois hier? Mon cheval était gai et sauvage...

— Tu es resplendissante quand le cheval t'emporte, Marie-Christine, ta longue poitrine de garçon...

— Tais-toi, Raphaël.

— Mon frère est parti à seize ans. Sa révolte était la mienne. Nicolas est mort. Je me suis enfui. Nos jours étaient peuplés de fantômes.

— Cette folie de la parole, Raphaël!

Elle dit, sur un autre ton:

— C'est demain que nous partons pour Goldefein.

— J'avais voulu incendier la maison. «Pourquoi es-tu méchant?» demanda Yance. Je ne l'ai jamais su.

— Tu peux me quitter, Raphaël. Il y a les enfants. Mais tu apprendrais peut-être à les aimer mieux loin de moi.

— Je t'aime, Marie-Christine.

— Ne mens pas. Je ne suis plus la petite fille d'autrefois.

«Oui, ses yeux sont trop grands, ses lèvres trop pathétiques, et dans cette transparence de l'excès, les passions coulent comme la sensualité.»

Marie-Christine regarde la fenêtre, nuque baissée. Raphaël pense encore à son fils Christopher.

— Je reste, dit Marie-Christine, ma fête, c'est toi. Je me suis habillée ainsi pour toi.

— Que se passe-t-il, Marie-Christine? Le feu, vous voyez?
— Non, je ne vois pas.
— Il y a des lueurs rouges au-dessus du bois.
— Je ne vois rien.
— La fin du monde me poursuit. Je vais bientôt mourir.
— Vous tremblez?
— Marie-Christine, aime-moi au point d'empêcher le monde de finir. Que vienne vite le silence! Sauve l'ange qui est dans mon corps! Sauve l'homme qui est dans mon sang.
— On a rentré les chevaux. Que crains-tu maintenant?
— Tu retourneras dans ton pays. Et seul.
— Oui, demain.

«Quand j'avais dix ans, nous jouions à la passion du Christ. On se martyrisait pour rire et j'avais peur. Nous avons battu Christopher près du pont, Christopher qui avait dix ans. Il criait: «Je ne veux pas être celui que l'on tue.» Nous avons tiré au sort. «Louis, est-ce toi? Huges, Anton, répondez...» J'étais le chef du groupe et j'ai pensé à Christopher soudain. «Celui qu'on crucifie dans les livres s'appelle Christopher». «Non, il s'appelle Christ. Notre mère nous l'a dit. Tu n'as donc pas de mère, toi? Si, j'ai une mère, dans un tombeau. J'ai choisi Christopher parce qu'il était innocent. Nous l'avons battu près du pont, avec nos poings, avec nos pieds, nous l'avons fouetté, mais nous n'avons pas cloué ses mains et ses pieds. Christopher, j'ai appelé mon fils Christopher, afin de me souvenir...»

La femme n'est pas angoissée. Son corps, comme son âme, rêve encore un peu. Elle s'habille sans penser et sort dans la nuit. Le monde vit encore. Elle avait raison. On peut avoir confiance en la terre, on peut avoir confiance en l'ivresse du monde. En la misère du monde, aussi. Elle rit. Le feu que craignait son mari n'est qu'un feu de grève. Elle marche vers la grève.

Marie-Christine ne surprend qu'un jeu d'enfants. Elle retourne à ses mornes certitudes.
— Notre apparition!
— Ce n'est pas une apparition, c'est ma mère.
— Christopher!
L'enfant se détache du mur de visages et de mains tendues. Le feu magique au poing, les garçons chantent:

«La fête, c'est la fête,
Le feu chasse les loups,
Et les agneaux se cachent dans les vagues.»

Puis les enfants s'éloignent en écrasant le feu avec leurs pieds. Marie-Christine prend la main de son fils et ils marchent, droits, comme les deux premières personnes triomphantes qui foulent une aube nouvelle et un siècle chaste.

— Dis-moi, Christopher, dis-moi...

L'enfant le sait bien. On ne doit pas se sauver de sa famille, la nuit. Mais ce n'était que la première nuit. L'enfant a sommeil.

— Dis-moi, Christopher, dis-moi...
— Nous avons joué à la fin du monde, Mère.

Ils rentrent. Demain, ils ne se souviendront plus de rien et Dieu recommencera à mourir dans leurs cœurs.

LE JOUR EST NOIR

> *«Retourne sur tes pas, O Ma Vie,*
> *Tu vois bien que la rue est fermée.»*
> Anne Hébert

Raphaël a quitté Marie-Christine et il est venu dans son pays. C'est le temps des neiges.

Six heures. Le matin. Raphaël marche au cœur de la tempête. Les grands arbres blancs s'ouvrent, fléchissent, se joignent les uns à travers les autres. Est-ce enfin venu? Est-ce le matin de toute destruction? La tempête chante déjà l'apocalypse.

— Ta vie, mon frère, qu'as-tu fait de ta vie?
— J'ai cherché.

Les neiges sont hautes. La montagne est entièrement voilée de brouillard, à six heures. En se penchant au bord de son être déchu, il se comprend sans effort, il a pitié de sa défaite.

À six heures, ce matin, il n'y a pas de soleil.

«Je marche, je marche et c'est comme dans ma vie quand de perdais toutes les routes.»

Il pense aussi qu'on pourrait crucifier le Christ en pleine forêt, en ce matin barbare: il voit l'arbre du châtiment. Il s'arrête. Il le regarde. L'arbre est détruit depuis longtemps. Raphaël s'approche de son image. Le bois de l'arbre souffre comme sa chair: il est terrible soudain de se voir ainsi reflété.

«Marie-Christine, ma femme!»

Si elle ne vient pas, cet arbre le saisira et lui apprendra à mourir.

— Goldefein! Goldefein!

Mais il ne peut pas combattre ce qui est enfin arrivé: le désastre. Il vaut mieux se donner de soi-même.

Il n'y a pas de neige dans ses vêtements. La chair du froid se dresse contre sa peau, elle se pose sur lui comme le dernier masque des choses. Raphaël est couché dans le froid de l'arbre et il se tait. Il attendra. Les neiges monteront, viendront à lui.

Il est sept heures. Le jour tombe. La tempête est finie et le soleil dénoue les deux bras gris de la montagne. Et c'est maintenant que l'homme est mort de froid et de silence, que le feu du matin le brûle sans l'atteindre. Et l'homme sourit d'une tendresse incertaine et sans mémoire.

Le soleil a immolé un homme pour faire refleurir un arbre.

À huit heures, ce jour-là, voici que l'enfant se met à avoir mal.

— Mère, je voudrais aller sur le pont.

— Nous prenons notre train à neuf heures. Il faut rester ici avec tes frères aînés.

— Mais sur le pont, Mère, on voit tomber la neige.

— Il n'y a pas de neige. Tu ne connais pas la neige.

«Maman regarde ses mains vides. Notre nourrice s'ennuie. Je veux aller dans un pays des neiges, comme mon père.»

— Tu devrais être heureux, Christopher, un enfant de ton âge qui a tant voyagé...

— Mais je n'ai pas vu la neige.

— Compte les pays sur tes doigts, Christopher, et dis-moi...

— Huit, maman.

— Tu ne sais pas compter, mon petit.

— Je voudrais aller sur le pont.

— Tu oublierais de rentrer. Tu oublies tout, comme ton père.

— Je voudrais jouer sur le pont avec mes camarades.

— Comment s'appelle cette forêt où je me suis brisé la cheville, à cheval?

— La forêt Du Cygne, maman.

— Non, ce n'était pas cela, Christopher.

«Nous avons fait un jeu sur la grève.»

Quel est ce mauvais jeu dans la nuit? dit maman.

— Nous jouons à la fin du monde, maman.

— Christopher tu n'es pas raisonnable.

— Je sais, maman.

— Mais à quoi penses-tu?

— Je veux aller sur le pont.

— Eh bien, Christopher, tu peux aller jouer sur le pont. Mais reviens vite.

Une clarté blanche tombe sur le pont et surprend

le petit garçon. Le tremblement de froid revient dans sa poitrine.

— Tu veux donc jouer avec nous, Christopher?

Christopher ne dit rien. Mais il tend ses poings pour le combat. Encore une fois, il regarde les jambes de ses ennemis. Les ennemis sont forts et leurs mains sont immenses comme la lune.

Cela a commencé par le goût de grandir, simplement. Aussi, les grands lui ont promis qu'il verrait les neiges.

— Alors, viens!

Le petit garçon se défend de tout son corps frissonnant. Mais les grands sont toujours debout sur le pont, dans le jeu blafard des reflets. Les fausses neiges...

Le petit garçon est couché sur le pont, et déjà, les grands et leurs pieds, les grands et leurs jambes, le piétinent.

On est mieux quand le combat est fini. Encore un peu de temps et il se relèvera. «Car maman a bien dit, neuf heures.» La neige tombe. «Ah! S'il n'était pas encore neuf heures.» Et l'enfant touche à son front, il touche à son sang et il a l'impression que c'est cela mourir.

Les retours

«Je traverse les hautes villes pour te retrouver mon amie. Je viens être à toi. Entends-moi, Yance, je viens...»

«Josué, vous êtes mon amant.»

«Lisa, partez vite. Que faites-vous? Que souffrez-vous pour moi?»

«Je suis une femme que vous aimiez.»

«Une femme m'attend et tu n'es pas cette femme.»

«Josué, il y avait la mer...»

«Yance sera seule dans la grande maison. Yance m'attend. Adieu, Lisa.»

«Mon amour.»

«J'écouterai ton pas dans l'escalier. Les lampes auront longtemps veillé mon retour. Lisa, pourquoi es-tu venue? Les sentiers de sable, le sel dans vos cheveux, Lisa. Mais le bonheur n'était plus là.»

— Et cette enfant que je désire?
— Lisa, taisez-vous. Qui désire un enfant le tue en le mettant au monde. J'ai une fille.

— Et moi?
— Tu avais le faux visage de Yance. Yance m'attend. Elle me donnera le silence de Dieu.

Lisa, adieu, ma seconde jeunesse!

* * *

Oui, je reconnais ma ville, tes chemins, notre maison. Oui, je reconnais les hommes et les femmes de notre ville et les pas que nous avons oubliés, quand nous étions étudiants. Et je pense à l'Île Noire où tu m'as aimé. Je t'aimais et je ne le savais pas. Yance! Yance! J'ai appris à ne plus vivre avec les ombres. Je suis présent. J'aimerai la chaleur de tes doigts sur mes joues.

L'amant inachevé revient! Lisa a pleuré. Yance pleurera de joie.

Mon ami a endormi ma taille dans sa main droite
Mon ami a cueilli mes épaules ensoleillées...

Yance, je verrai bientôt ton visage. Je ne te quitterai plus.

* * *

La femme ne reconnaît plus la ville de sa jeunesse. Mais elle voit briller sa maison comme un pauvre soleil au seuil d'une vallée. Où est la jeune femme d'hier qui veillait une éternelle nuit? Où est Geneviève?

Le soir commence. Et dans ce soir, les pas des enfants ont perdu le rythme de l'enfance passée. «C'est que les enfants ont grandi.» Yance observe les jambes des adolescents, les mains comme des fantômes lourds, les visages secrets d'une fatigue cruelle et précoce. «Oui, le siècle a souffert.»

On a dévoilé l'inconscience et les petites filles transies d'autrefois se sont transformées en jeunes filles et en jeunes femmes défraîchies.

Elle retrouve, dans ces groupes de jeunes garçons et filles qui traversent le parc, la jeunesse de son exil et de son temps, la coupable enfant dévastée et méconnue. Elle pense que ce qui pourrait arriver de plus atroce, au monde, avant la fin des temps, serait quelque chose de semblable à cette génération désarticulée, des jeunes gens, oui, des envoyés de l'enfer qui perdraient le monde. Comme la peste, viendraient les enfants de l'ennui et membre par membre, le désespoir enracinerait son corps sournois dans la terre. Ces enfants ne demandent plus haine ni amour. Ils sont appelés à la destruction comme l'a pressenti Raphaël, son frère. C'est le goût de la mort qui allume ce fade génie dans leurs regards...

Au bout du parc, il y a la maison en attente et cet homme, sûrement, l'amant épargné qui la comprendra encore, celui qui partagera avec elle une existence ronde, une humble intégration à la joie. Cette femme espère, froidement. Mais avant d'atteindre sa maison, il faudra traverser le parc et lutter... Ah! Ces épaules et ces nuques dans la nuit! Ce mur de visages aux bouches méprisantes! Toute une génération pétrifiée est là, comme une blessure fixe!

— Greet, c'est Greet qui vient faire la ronde avec nous? Où étais-tu depuis trois ans?

Les épaules et les bras se desserrent. Yance est admise, entourée. Elle a froid. Elle cache ses poings dans les poches de son imperméable. «Le mal du monde est déjà commencé, pense Yance, la peste du monde.»

— Greet, danse avec nous!

Immobile, la femme attend la fin de ce jeu.

— Greet, tu es devenue belle! Dis-nous ce qu'il y a de l'autre côté...

— Où donc?

— Mais de l'autre côté de la ville, Greet!

— Il y a des hommes et des femmes qui oublient!

Ce jeune homme qui la regarde de son œil noir, elle sait qu'il sera l'assassin de demain. «Le monde ne doit-il pas périr sous la main d'un enfant?»

— Greet, et toi, as-tu été aimée?

— Oui, dit la femme.

Le jeune homme lui parle doucement:

— Tu as donc eu le temps d'aimer, toi?

Demain, ces enfants crucifieront le Christ. Ils mettront la terre à feu et à sang.

Le soir est tiède. La femme est délivrée. Elle marche seule.

«Je te retrouverai, mon ami. Nous avons souffert. Il a été dur de caresser des corps qui n'étaient pas toi. Il a été facile d'aimer des hommes qui n'étaient pas toi. Tu es le plus absurde des amants, le plus désincarné, le plus inhumain de beauté! Je suis Yance. J'entre dans notre maison. Viens jusqu'à mes pas. Il y a si longtemps. Ne me fais pas attendre encore.»

* * *

L'homme ne vient pas.

Le vide apparaît. L'homme n'est pas venu. Il ne viendra pas. Dans le miracle du souvenir, Yance peut sentir encore son enfant dans son ventre. Mais cela fait trop mal. En ce souvenir, elle regrette tous les enfants qu'elle n'a pas eus.

«Il l'avait appelée Bien-Aimée Songe.»

La femme entre dans la salle d'étude. Elle allume la lampe de la cheminée, comme autrefois. On a fracassé la lampe du piano. Elle pourrait lire les romans inachevés de son mari... Elle pourrait attendre Geneviève! «Non, je ne veux pas voir cette fille immatérielle, cette folle qui reprendra le temps et les mots au point où elle les a laissés il y a vingt ans.»

Et Geneviève vient.

— Geneviève, c'est moi!

Alors seulement Yance voit les lèvres se dessiner largement et les yeux s'ouvrir sur une intelligence prisonnière et inattendue.

— Roxane, mon enfant!

— Tu sais que je suis Yance! Pourquoi ne veux-tu pas me reconnaître?

Geneviève pose ses mains sur les épaules de Yance. Soudain, Yance se sent tout petite comme lorsqu'elle se cachait dans la robe de Geneviève, enfant. En ce temps-là, Geneviève était réelle, son visage n'avait pas ces traits égarés et inexpressifs. Geneviève vivait. Elle avait Nicolas.

— Roxane, qu'as-tu fait de l'enfant? Qu'as-tu fait de Nicolas?

— Geneviève, Geneviève, qu'as-tu fait de mon enfant? Qu'as-tu fait de Roxane?

— Tu l'as dit, un soir. «Je veux tuer Nicolas.»

— Oui, je l'ai tuée.

— Qui était cet homme qui t'a amenée? Qui était cet homme jeune? Et qu'as-tu fait de lui?

— Josué, il s'appelle Josué.

— Roxane, je t'attendais. Tu as bien fait d'oublier l'enfant. Les morts ne sont pas à nous. C'est à moi seule de penser à lui et de le faire revivre.

— Geneviève! Geneviève!

Les jeunes gens ont déserté le parc. Le plus absurde des amants n'est pas venu. Yance écoute son pas fidèle. Yance n'a plus que son âme solitaire pour la guider.

Et quand Josué rentre dans la ville, avec son espoir fou au fond des yeux, il reconnaît l'univers de sa jeunesse. Il le reconnaît, lui qui n'a jamais senti le lien avec les choses. Il rentre chez lui, à l'aube...

Cet homme est beau. Beau mais tragique: les femmes qui traversent le matin sur la pointe des pieds préfèrent l'oublier. On détourne la tête devant une âme. Elles ne cherchent pas son sourire. Une âme sans corps ne se donne pas ou elle se donne trop mal pour ne pas être dangereuse. Ces femmes ont appris beaucoup de choses auprès de leurs amants. Et elles connaissent la beauté de l'homme, le cœur de l'homme, son instinct, ses sens. Elles ont assez dompté l'appétit des amants pour savoir comment se méfier des âmes. L'homme trop pur et trop innocent les révolte. Ou bien, il les fascine comme une lointaine approche de Dieu dans les yeux du désir. Et les femmes, alourdies par la nuit et l'amour ranimé, passent auprès de Josué avec indifférence.

L'homme est enivré par la grâce de ces femmes, grâce de leurs bras où vivent encore baisers et soifs, grâce blessée de leurs yeux et grâce misérable de leurs chevelures blondes. Josué reçoit l'humanité dans son cœur d'enfant.

Et c'est peut-être ainsi, parce que l'homme semble mort depuis sa naissance, en lui, que Josué éprouve ce sentiment d'existence universelle: il n'est plus une chair responsable pour elle seule, il est une fleur, un souffle d'été, le chemin libre et poussiéreux, il est le ciel, l'oiseau sans vol surpris dans l'extase, il est une source. Enfin, il ne peut pas ne plus être.

Josué reconnaît les rues de sa ville et il a l'impression d'avoir été heureux, déjà. Une femme a tenu son bras, ici, cette femme qui venait l'attendre au mois de septembre, à cinq heures...
— À cinq heures, c'est à cinq heures que nous avons eu notre fille.
L'enfant n'a jamais existé pour lui mais en ce matin, elle naît, avec toutes ces réalités humbles qui font le commencement du jour.
«À cinq heures, il y avait une lampe noire près de la fenêtre et des bouquets de fougères dans les mains de la femme.»

Josué voit ses collèges, l'université, enfin l'église, ces déserts du jeune homme...

«Au matin, il y avait toujours une petite fille qui longeait le boulevard, une petite fille du bal.»
Et il voit la petite fille souillée qui revient des

horreurs nocturnes. Elle lui sourit. Il lui sourit au-delà du mal qu'il a su faire...

Sa maison danse dans toutes les couleurs du soleil.

Josué entre chez lui.
— Josué, comme je t'attendais!
Déjà, les doigts d'une femme se referment sur sa nuque tiède.
— Tu es douce, dit-il.
La chambre près du jardin. Les parfums d'autrefois...
— Josué, ne dors pas. Il y a si longtemps.
— Je suis là, dit l'homme.
— Comme je t'aime.
— Ne crains rien, maintenant!

L'homme prend la tête de la femme entre ses mains:
— Tu es si pâle, dit-il.

Étonné de vertige, il s'éloigne de la femme et la regarde s'obscurcir dans sa cruelle transparence.
— Ne pars pas encore!

Il voudrait s'éteindre dans la mort des ombres. Mais la femme se plaint!
— Josué, mon amour, c'est moi, Geneviève!

C'est l'été. Il est dix heures. À un autre jour.
Deux mains fines ouvrent les volets. La brume, qui enveloppait le jardin le commencement de la nuit, s'élève étrangement et voici que cette brume entre dans la maison et que la couleur de la nuit pénètre les murs et embellit les visages qui se penchent sur le jour ombrageux.

— Josué, que vois-tu donc sur la route?
— On dirait une très jeune fille.
— Elle vient vers nous?
— Oui.

«J'étais avec ma femme. À l'aube, elle me dit: Où vas-tu Josué? Je veux marcher dans la brume. Et depuis, je ne suis pas revenu.»

Geneviève voit l'homme pleurer mais elle ne pense pas à lui. Elle est là, comme hier, statue de douleur.

La mort. Josué était mort. Il avait choisi l'immatérialité comme on se damne.
— Geneviève!
«Oh! qu'elle fasse ce geste, qu'elle prononce cette parole, qu'elle me suive!»

L'Enfant reviendra dans la Maison des Ombres
L'Enfant reviendra au frais matin.

«Oh! tais-toi, Geneviève!»
Il marche. Il ne pense qu'à renier la maison des morts. Son corps de brume et de brouillard se retire de lui-même.

La jeune femme ou la jeune fille le rencontre sans le voir. Josué oublie ceux qui vont mourir à cause de lui. Il ne sait pas que la jeune fille qui ouvre la grille du jardin est déjà destinée à se perdre.

Roxane croit entendre son nom «Bien-Aimée Songe», mais l'homme marche toujours sans se souvenir du rêve.

La jeune femme entre seule dans la maison des morts. Et tout recommencera comme aujourd'hui, comme hier...

Épilogue

— *Bonsoir, tu es tout brillant de pluie!*
— *Il a fait si froid là-bas. Je suis venu avant la nuit.*
— *La journée a été longue. Prends ma main.*
— *Nous sommes seuls à jamais.*
— *Eh bien?*
— *Il n'y avait rien de plus que le mensonge.*
— *Eh bien?*
— *Il n'y avait rien de plus que le temps entre nous.*
— *Je suis venu. Je suis là.*
— *Je te vois. J'ai pensé que tu aurais le même visage. Entre matin et soir, le visage d'un amant ne change pas.*
— *Entre matin et soir, un homme peut comprendre.*
— *Nous étions aux mêmes noces à vingt ans.*
— *Je t'avais simplement dit «Bonsoir Josué.»*
— *Et moi j'ai répondu: «Adieu Yance.»*
— *Et il est encore minuit.*

Paris 1961

L'INSOUMISE

Première partie

Mon histoire est si simple, si fragile qu'elle ne mérite peut-être pas d'être racontée; aussi je pense me faire à moi-même ce récit d'une solitude qui ne servirait à personne d'autre. On dit que j'ai un mari heureux, une maison heureuse, des enfants heureux. C'est peut-être vrai. On dit que je suis heureuse. De cela, je ne suis plus aussi sûre. Rien n'a changé pourtant depuis plusieurs années. En apparence, je fus toujours la même, anonyme épouse et mère, mon rôle fut perpétuellement calme et doux et sur mes lèvres on reconnut le sourire familier du contentement, d'une mélancolique satisfaction au bord des larmes. Nul ne sembla jamais apercevoir, sous cette sereine immobilité, les nœuds tragiques qui se formaient peu à peu. Mais peut-on appeler «tragédies» ces imperceptibles événements que voile si bien le cœur, et ensevelit en son abîme lointain, le corps? Peut-être ai-je feint de dormir pendant tout ce temps, et peut-être le seul drame de ma vie est-il de me réveiller aujourd'hui, seule et démunie, étrangère à tous ceux qui hier étaient de proches bien-aimés que je chérissais sans le savoir, simplement parce qu'ils étaient là, dans cette maison que je croyais mienne, aussi —

peut-être l'unique événement de ma vie consiste-t-il en cette calme folie vers laquelle je me sens doucement glisser, à l'écart de tous.

Mon mari m'écouterait si je trouvais soudain les mots capables de lui faire comprendre mon nouveau désarroi. Mais je ne le désire pas. Les enfants sont trop petits. Je trouve quelque paix en songeant à leur intelligence ensommeillée qui ne connaît rien encore des tortures du rêve et de la réalité: il m'arrive de puiser en eux la grâce et l'oubli. Il y a Paul, mon fils aîné. Paul, le grand obstacle. Car c'est en commettant cette indiscrétion qui me poussa irrésistiblement à lire un carnet intime abandonné sur son lit, hier, que je sentis sourdre en moi le premier désespoir.

C'est là que j'ai compris que le monde dans lequel je vis n'existe pas et peut-être n'a jamais existé. Les mots ont soudain pris une signification étrange. Je ne pouvais pas les prononcer ou les entendre sans un certain malaise. Lorsque Rodolphe parlait de «notre jardin» nulle image ne se présentait à ma mémoire présente ou passée. Toute chose que j'avais cru posséder, par l'enveloppante expression de «notre», «mon», «ma», tombait de moi sans bruit, dans un néant aveugle. Rodolphe posa sa main sur ma tête et dit:

— Que se passe-t-il donc, ma petite fille, tu es distraite ce soir, est-ce que le dîner est prêt? J'ai une faim terrible...

Ma tête me semblait endolorie à mesure qu'il parlait, que les mots sortaient implacablement de sa bouche. Toute tendresse avait disparu pour moi.

Comment cela était-il venu si vite, je ne pouvais pas le comprendre. Je parlai de migraine et de fatigue et montai à ma chambre sans dîner. De ma chambre dont la fenêtre s'ouvrait sur la nuit silencieuse j'entendis Rodolphe qui riait avec les enfants. En fermant les yeux, je pus recouvrer une brève guérison.

Sous le titre *«Paysages Intérieurs»* Paul décrivait étrangement ses humeurs. C'est au moins ainsi que j'interprétai ces lignes:

> *Par un matin d'automne comme les autres je me suis égaré dans les rues familières de ma ville. Il était près de neuf heures, je crois, et je me rendais à l'Université comme d'habitude. Je n'étais pas particulièrement heureux ni malheureux mais je redoutais un examen de physique que je devais subir à dix heures devant un professeur de la faculté. D'abord je ne souffris pas de me perdre dans ces labyrinthes clairs que mes pas ont l'habitude de fouler chaque jour. Et puis je n'étais pas seul. Plusieurs de mes camarades marchaient avec moi dans ces rues devenues soudain pour nous méconnaissables, étrangères, anonymes comme nous l'étions nous-mêmes tout à coup, et semblaient partager avec moi, encore mêlée de l'insouciance de la jeunesse, l'amère ironie de ce destin nouveau qui nous attendait au bout de la rue. Car c'était l'un de ces jours de métamorphose, et de simple*

étudiant j'allais bientôt devenir soldat. Mais pourquoi était-il question de départ? Et qui donc avait pris cette irrévocable décision à ma place...? Inutile de vouloir prévenir une mère, une amante de cette fuite soudaine, nous n'avions pas le temps. Dans le train on m'apprit que l'examen de physique avait été remis au lendemain à cause de la mauvaise température. Des vapeurs tranquilles enveloppaient mon esprit de toutes parts, protégé contre l'inquiétude j'allais vers le danger paisiblement...

La description que faisait Paul de son égarement réveilla en moi une vive sympathie qui n'était que le reflet de ses émotions. Il me sembla vivre soudain l'histoire de Paul, mais d'une manière différente, sans qu'il fût pour moi nécessaire de partir ni même de bouger. Voyant soudain le monde par ses yeux inquiets, je perdis l'équilibre, je me sentis à mon tour victime de ce cauchemar contre lequel luttait mon fils. À d'autres moments, j'avais l'impression d'avoir imaginé cette situation moi-même, sans le secours de Paul (mais d'en rejeter inconsciemment la responsabilité sur lui qui était à l'âge où l'on aime et se révolte dans une pudeur déchirante que j'aimais emprunter pour voiler mes sentiments), de tisser lentement en moi l'insoluble récit intérieur que chacun espère définir. Ce qui affermissait cette vague impression, c'était souvent l'indifférence de Paul lui-même à l'égard des choses sérieuses. Son père et moi avions souvent exprimé notre déception de le voir trop pareil à tant de jeunes gens de son âge, naturellement indifférent à tout ce qui ne le concernait pas lui-même, dans son bien-être personnel. J'avais toujours eu de Paul la même image, se modifiant à peine avec les années, d'un garçon plus doué pour les sports que pour les études, un jeune homme silencieux dont la réserve était surtout faite de froideur et de calcul. L'aimant ainsi, avec ces défauts que je n'aimais pas découvrir, je le regardais vivre de loin, comme un étranger. Son père le conseillait parfois pour ses études, son travail, mais entre lui et moi, nul dialogue ne semblait jamais s'épanouir.

Pendant les repas, il se laissait servir sans lever les yeux vers moi. Il avait l'habitude de se retirer dans sa chambre, sans me dire bonsoir, ou de partir le matin pour l'Université sans aucune attention. «Il ne pense qu'à être le premier au concours de natation, me disais-je, il ne pense qu'à l'activité de son corps.» Et peut-être avais-je raison. Paul ne souriait que lorsqu'il nageait ou jouait au tennis ou sortait victorieux d'une course. Tout ce qui n'était pas mouvement l'ennuyait. Il ne lisait pas (du moins enfin le croyais-je parce que je ne voyais jamais de livres nouveaux dans sa bibliothèque). «Il ne réfléchit pas, me disais-je, voyant ce beau front stérile de dédain.» Car qui étais-je pour lui, moi, l'immobile servante de la maison? Mon mari me rassurait en disant que les jeunes gens n'ont souvent pas d'autres armes que leur silence et leur mépris, ajoutant que Paul changerait avec les années. «Vois-tu, lui disais-je, ce que je n'aime pas en lui, c'est son air morose, son insatisfaction auprès des autres. Il voudrait se créer un monde à lui où les autres n'existeraient pas.» Ainsi j'en venais facilement à penser que Paul me tuait au cœur de son existence, que sa présence me vouait nécessairement à la mort.

Il n'y avait donc aucun rapport entre le Paul que je connaissais et le second Paul qui se racontait à lui-même. Moins de ressemblance encore entre certaines pages que je lisais et d'autres qui commençaient ainsi:

> *Victoire, victoire. Remporter la course. Gagner la médaille. Tu seras le roi... tu dois l'être.*

Ou encore:

> *Bilan de l'année. Thomas R. mort, accident de voiture, Norvège; ai acheté costume de ski, prix réduit pour moi qui l'ai bien connu. Alain P. suicide, gaz; ne savons pas la cause du suicide; Paris, décembre.*

Et la liste continuait froidement, d'un côté les morts, de l'autre, les vivants. Ce qui m'étonna c'est que Paul avait écrit son nom en dernier sur la liste des morts de l'année.

> *Paul Robinson, 22 ans. Guerre. Cela pouvait être un rêve aussi, un très mauvais*

rêve, d'où l'on sort secouru par une main invisible qui vous caresse le front, rassuré par une voix généreuse qui vous dit que c'est l'heure du petit déjeuner. Alors on entend le sifflement de la bouilloire tout près et il ne suffit que de ce léger murmure de l'eau pour que l'on comprenne que la peine de mort que l'on craignait tant est remise au lendemain, oui, je pouvais penser que je rêvais et qu'Anna viendrait frapper à ma porte en disant: «Mais levez-vous donc, je serai en retard à cause de vous.» Car notre liaison avait ses menaces et ses craintes et ce que je croyais impérissable était, chaque jour, menacé de périr.

Une question hantait mon esprit. Qui était Anna? Je pensai d'abord qu'il s'agissait de moi, mais je compris bientôt qu'Anna était une femme mariée, mère d'un petit garçon.

Elle se leva promptement et me dit d'une voix lointaine:

— C'est jeudi, Paul, je dois visiter mon enfant aujourd'hui.

Je déjeunais à la hâte auprès d'Anna qui souvent ne me regardait pas et semblait réfléchir, tandis que je parcourais vite un livre avant l'examen du jour, Platon, Aristote: Anna me caressait les cheveux d'une

> *main distraite, en disant que je n'étais pas sérieux, que sa présence dans ma vie serait néfaste pour mes études.*

J'imaginais avec angoisse cette existence nouvelle que mon fils avait choisie hors de nous. Loin d'avoir compassion des amours de Paul, je désirais frapper à la porte de sa chambre (c'était le soir et Paul venait de s'enfermer à clef dans son domaine) et lui demander une immédiate explication de sa conduite.

— Ton père et moi ne pouvons pas supporter que tu agisses ainsi. Est-ce là l'enseignement moral que je t'ai inculqué?

Je voyais Paul sourire silencieusement. Puis soudain je me rappelai. Paul pouvait aussi tourner cette accusation contre moi. «Et toi, et ta liaison secrète avec cet homme, tu crois que je l'ignore? Que mon père l'ignore aussi?» Paul savait tout peut-être. Voilà pourquoi il racontait si aisément l'histoire d'Anna. Non, personne ne pouvait savoir. Et puis qui donc pouvait percer mon mystère, mes secrets?

Les enfants m'appelaient en bas.

— Maman, la rose vient d'éclater. La rose rouge!

— Et où est votre père?

— Dans son bureau, dit une petite voix.

Je me laissai entraîner sur la terrasse par les enfants. Je m'amusai avec eux. «Qui est Anna? pensais-je. Elle me ressemble, non, c'est impossible. Paul est si gauche encore avec les femmes... Et puis, il n'amène que de rares jeunes filles à la maison, comme lui silencieuses, sportives, d'une race différente de cette Anna...» Des bras légers se nouaient autour de mon cou, des baisers rieurs fondaient sur ma joue.

«Tu ne te souviens pas, c'était un coquillage que papa avait envoyé du Japon?» «Il est bon, il est beau, il aime les fleurs, c'est lui que j'aime...»

Autrefois j'avais été complice de l'amour des enfants pour Rodolphe, aujourd'hui je feignais de l'éprouver encore, afin de ne pas interrompre le fil harmonieux des jours passés dans la paix et le bonheur. Eux ne voyaient pas la transformation et riaient avec moi de ma peine. «Papa a beaucoup travaillé à l'hôpital aujourd'hui, ne faites pas de bruit, ne marchez pas devant sa fenêtre...»

Un autre jour allait s'achever. Je ne le voulais pas. Je me souviens de ma résistance secrète à mesure que l'heure passait et que les enfants s'assoupissaient à mes pieds.

Mais je ne me réveillais toujours pas. Dans un train sombre qui pouvait être un tramway (m'informant à l'un des mes camarades debout à mes côtés, j'appris que l'un de nous serait tué à chaque station) j'eus une terrible nostalgie de la lumière, du soleil que je ne reverrais plus. Ce train n'avait rien de particulier, sinon qu'il était rempli de gens mornes, qui, comme moi, s'étaient trompés de direction en allant au bureau ou ailleurs et qui visiblement étaient de mauvaise humeur et ennuyés par la situation. Beaucoup d'entre eux croyaient s'en délivrer en se tranchant la gorge sous nos yeux, ou bien en sautant par la fenêtre. D'autres, assis, debout, endormis sur le plancher, supportaient très bien le voyage et ne posaient pas de questions. J'avais déjà abandonné le projet d'écrire à ma mère, d'envoyer un message à Anna; passif, je regardais le paysage sans le voir, paysage sans ciel, encombré d'objets étranges comme un grenier: de chaque côté de nous, défilaient des rangées de bicyclette, des roues d'automobiles, de vieux bancs de cuir et mille objets poussiéreux que je n'avais pas le temps d'apercevoir, ne laissant derrière eux qu'un sillage malpropre et noir; comme je pouvais le juger sur l'aspect de mes vêtements et celui de mes voisins, nous étions soldats; c'est au moins ce que disait Frédéric, un jeune homme debout à ma droite, qui serait le premier à mourir mais n'en savait rien; et nous allions accomplir des actions basses, répugnantes dont nous parlions pourtant avec fierté, entre nous, pour nous distraire. Quelqu'un me demanda si j'avais quelque espoir de retrouver ma famille à la prochaine gare. Non, dis-je, je n'ai aucun espoir.

Mais ouvrant le carnet de Paul, ce matin, je n'y découvre que quelques notes rapidement jetées sur le papier:

> *Fumer m'empêcherait de gagner la course. Cesser dès aujourd'hui. Examen à dix heures.*
>
> *Dérision du destin. Homère. Sophocle. Ce que je lis et ce que je rêve d'accomplir. Un terrain chaste pour le héros éphémère. Il n'y a pas de repos pour le cœur qui cherche. Ma mère me regardait si étrangement pendant le dîner ce soir. J'ai pensé: «Perdrait-elle la raison?»*

Il sait tout, pensais-je, il a vu le trouble de mon regard, le tremblement de ma main lorsque j'ai posé la tasse de café devant lui.

> *La religieuse me souriant tristement dans l'autobus. La jeune fille infirme à qui j'ai cédé ma place...*

Il a donc un cœur? me disais-je aussi, lui dont les yeux très beaux ne semblent rien voir que lui-même, il l'a vue, elle, cette jeune fille infirme, la tristesse d'une religieuse l'a ému? Tremblante de joie et de crainte, je le vis entrer du gymnase à midi, écartant ses frères sur son passage, ne les saluant que de ce léger froncement de ses hauts sourcils sans qu'aucun muscle de son visage ne tressaillît, marcher vers la salle de bain de son pas calme et froid, je l'entendis rire et chanter sous la douche et je pensai: «Comment pourrait-il savoir que je ne suis pas heureuse, il est si insouciant, c'est à peine s'il m'a regardée en passant.» Quelques heures plus tard, je surpris une dispute entre lui et son père, dans le bureau.

— Réussir un examen n'est pas très difficile, disait Rodolphe, sévèrement, réussir ta vie, voilà ce que nous te demandons ta mère et moi. Ton attitude me déçoit profondément.

Encore une fois, Paul avait négligé ses examens pour les sports et mon mari l'accablait de violents reproches.

— C'est la quatrième fois que tu manques cet examen de physique... C'est la quatrième fois que...

Debout contre la porte, j'écoutais aussi la voix d'une autorité dont je n'avais jamais éprouvé, avant ce jour, toute l'écrasante affection. Je pensai que Rodolphe m'aimait aussi de cet amour sévère d'où la fidèle compassion était sur le point de disparaître, si elle n'était pas morte déjà.

— Moi qui espérais te voir à mes côtés à l'hôpital, l'an prochain, moi qui croyais...

L'espérance de Rodolphe s'étiolait dans le cœur de son fils.

— Tu dois être utile à la société, tu dois vivre pour les autres, tu n'as pas le choix, je t'y entraînerai de force, tu ouvriras bien les yeux un jour sur la souffrance.

Prenant le bras de Paul qui ne cessait de regarder son père avec méfiance et rébellion, Rodolphe l'amena vers la fenêtre, et tirant les persiennes, il s'écria brusquement:

— C'est là que tu dois vivre!

Le jeune homme n'eut qu'un mouvement, il rejeta la tête en arrière et ferma les yeux. Le vaste hôpital blanc qui se dressait devant lui ne sembla lui inspirer que du dégoût.

— Ce n'est pas un édifice comme les autres, poursuivit Rodolphe, de cette voix de tragédie, c'est une ville de malades avec ses lois, ses silences, il y a là des hommes, des femmes et des enfants enfermés pour toujours. C'est à toi d'apporter la délivrance à ces blessés!

— Non, s'écria Paul, non!

Et il sortit en courant dans le jardin.

Mon histoire n'est pas aussi simple que je le pensais d'abord. Par exemple, je n'avais pas remarqué la singulière blancheur de la ville où nous vivons, et par rapport à la ville, le toit bas de notre maison, parmi cette forêt de gratte-ciel qui nous entourent. Nous avons une belle ombre. Elle est dessinée par l'arbre unique qui pousse dans le jardin. Nous avons un jardin, dont les fleurs d'un rouge sombre, en été, semblent, à certaines heures, défier la ville trop chargée de lumière, dont l'éblouissante chaleur vous accable. La mer bleue, tout près, reposerait le regard, calmerait la soif. Il est bon de l'imaginer. Je ne dis pas que ma ville ne ressemble pas aux autres. L'air pourrait y manquer un peu plus, certains jours. En été, mes enfants sont pâles et languissants. L'automne, qui a le don de recouvrir d'une subtile verdeur les murs couleur de neige, (peut-être parce que nous imaginons que l'automne possède de verts et bruns enchantements et l'air frais des montagnes...) l'automne aux syllabes magiques, met toujours un peu d'ordre en moi et autour de moi. En automne, je peux dire calmement à ma voisine: «Les enfants sont partis pour l'école ce matin. Ils avaient l'air en bonne santé.» Et je peux le croire car la métamorphose de l'été est finie, et avec l'été s'est éteint aussi le feu qui consumait mon cœur oisif.

Mon histoire n'est pas aussi simple que je le pensais, car cette année l'été a commencé très tôt et qui sait quand il finira? Je regarde autour de moi. Le lieu où je vis est une planète étrange, les choses que je touche dans ma propre maison ne me sont plus familières comme autrefois. Un mystérieux pouvoir m'épie, veille et attend. Il prend un jour la forme de mon fils, le lendemain un visage inconnu que je ne reconnais pas. Qui m'apprendra qui est là, tout près, disant avec moi d'une voix faible: «Je regarde, je vois, je me méfie de tout ce qui respire.»

* * *

— Pourquoi avoir fait construire la maison si près de l'hôpital?

Rodolphe haussa les épaules de surprise:

— Mais c'est toi qui l'as voulu, tu voulais être près de moi, tout le jour, disais-tu.

— Aujourd'hui, il me semble que l'espace commence à manquer. Nous pourrions peut-être partir pour la campagne.

Il m'expliqua que son travail l'obligeait à ne pas quitter la ville.

— Et cette conversation avec Paul? demandais-je.

— Quelle conversation? dit Rodolphe, feignant de ne pas comprendre.

Et je me tus. Notre chambre était belle. Rodolphe avait raison de dire que je l'avais aimée autrefois. N'était-ce pas moi qui avais parlé de cette fenêtre immense à l'architecte, n'avais-je pas examiné les plans afin de mesurer le soleil et l'ombre qui tomberaient sur mon lit le matin?

Lui me regardait. Il était assis au bord du lit. Je remarquai qu'il avait perdu un bouton de sa chemise. Je parlai de le recoudre avant de dormir. Il refusa. Il prit ma main. Je m'éloignai doucement de lui. Dans la vallée fraîche du lit, je tardai à m'endormir.

* * *

Mon aventure continuait. Je me sentais légèrement ivre, sans doute était-ce l'air corrompu que je respirais dans cette caverne surpeuplée, sans doute était-ce la chaleur s'unissant à l'arrogance fiévreuse que je sentais sur le point de jaillir de moi, à la première rencontre, mes joues brûlaient et je craignais de m'évanouir en marchant. À la gare, mes parents semblaient m'attendre. Je n'osai pas m'approcher d'eux. J'avais honte de ce lourd fusil accroché à mon épaule. Mes camarades, eux, n'hésitaient pas à courir vers leur famille, à embrasser leur père, leur mère qui leur disaient dans les larmes, la voix faussement émue: «Mais nous n'y pouvons rien, faites votre devoir. Je t'écrirai, mon enfant.»

C'est alors que je pensai à Anna. Je crus reconnaître son mari et son petit garçon dans la foule. La voix de mon père me sortit brusquement de la torpeur dans laquelle je venais de me plonger.

— Eh bien, tu aurais pu nous avertir, me dit-il, en me secouant par l'épaule de sa main nerveuse, ta mère et moi nous en avons perdu le sommeil.

Ma mère se frayait paisiblement un chemin parmi les familles éplorées. Elle apparut enfin, pieds nus, un tablier crasseux noué autour de la taille.

— Déshonneur sur la famille, dit-elle en grimaçant.

Elle se mit à pleurer. Elle versa tant de larmes que j'en étais embarrassé:

— *Une femme mariée, dit-elle, et c'est pour elle que tu as manqué tes examens.*

— *Maman, dis-je avec douceur, maman, c'est ma première aventure.*

Cet acharnement à arracher de son violent mystère l'âme des autres, je savais que cela n'était pas permis et que l'austère discrétion de Paul me l'interdisait plus encore. Mais je ne pouvais résister à la tentation. Quelle mère, pensais-je, n'a pas rêvé de tromper ainsi la confiance de son fils pendant son sommeil, quelle amante, sitôt venu le repos agile de celui qu'elle aime, n'a pas désiré soustraire à ce profil endormi qui respire à ses côtés, une conquête plus obscure que la conquête du plaisir achevé?

Avant de voir en mon fils un homme né de lui-même plus que de moi, une création séparée de mon existence, je n'avais pas cherché à savoir qui il était ni quelles étaient les pensées qui couvaient sous son front. Complice de ma folie, si cette impérieuse recherche fut une folie, Paul ne me trahit pas auprès de son père. Sa seule imprudence fut de m'interroger le lendemain, devant les enfants, sur tel ou tel récit de mon passé que j'avais vaguement parlé d'écrire pour moi-même.

— Voyons maman, tu te souviens, tu voulais rassembler des souvenirs afin de les rendre impérissables?

Je niai tout en disant qu'entreprendre une histoire ne pouvait être pour moi qu'un événement tragique puisque je ne saurais ni comment commencer, ni comment finir et que c'était une chimère de vouloir fixer à jamais sur papier la substance de ma mémoire. «Eh bien, n'en parlons plus», dit Paul en se levant et en marchant vers la porte d'un air distrait.

J'étais fière de moi, car après toutes ces années de silence, Paul m'avait parlé. Émue, je lui proposai d'aller le reconduire à l'Université dans ma voiture. Il refusa en disant qu'il préférait marcher. Il est vrai que ce matin-là, aidant les petits à se vêtir, je me sentis plus heureuse. On pourrait croire que Paul m'a vue vraiment sous les traits grossiers de cette femme «au tablier crasseux et aux pieds nus» faisant son humble apparition à la gare, je pourrais comprendre que par malice, Paul eût trouvé quelque amusement à me déformer ainsi dans son esprit; à l'heure où je pense ces choses, je me sens pourtant comme cette femme au tablier, empilant des assiettes sales, mes cheveux défaits sur mon front en sueur, je lui ressemble intérieurement, oui, et Paul n'a rien imaginé; mais que penser devant la page suivante qui me décrit ainsi:

> *Les jours de dispute, je surprenais ma mère, debout à la fenêtre, pleurant avec abandon, les mains oisives à ses côtés, mais bientôt consolée par une parole timide que murmurait le grand homme sauvage à son oreille, elle lui souriait dans les larmes...*

Parlait-il de Rodolphe ou de Camille, je ne le saurai jamais. Là encore, la discrétion de Paul me fascinait. Comment avait-il pu être témoin d'une liaison défunte, à jamais terminée, qui se situait très loin dans ma vie, au temps où Paul n'était qu'un jeune garçon? Tous mes efforts pour vivre un amour, et le faire mourir vite avant qu'il ne devienne une cause de souffrance pour les miens, me semblaient vains, tout à coup. J'avais eu un témoin invisible, un œil lumineux m'avait scrutée dans les ténèbres. Cette pensée était une occasion nouvelle de tourment. Les récits imaginaires de mon fils pourraient un jour me trahir involontairement auprès de Rodolphe. Je savais que la révélation de cet amour passé pouvait être fatale à sa fierté d'homme fidèle. Il me fallait détruire cette page où Paul parlait de l'homme sauvage. Cela ne lui appartenait pas. Il fallait attendre le départ de Paul pour une excursion de trois jours avec ses amis. Et puis effacer ces lignes dangereuses pour moi.

> *L'été passait. Il parlait avec ma mère un langage secret et lourd que je ne pouvais pas comprendre. Enlacés au soleil...*
>
> *Le lendemain je le vis errer seul dans la nuit. Il ne regardait plus le ciel.*
>
> *Une nuit, il vint chez moi. Il voulait faire une promenade sur la grève. Je le suivis. Nous marchions éloignés l'un de l'autre, silencieusement. Parfois je sentais son regard qui brûlait ma nuque.*
>
> *Il vint en été passer quelques jours auprès de ma mère et moi, à la campagne,*

dans la maison de mes grands-parents. Ma mère lui donnait une grande chambre ouverte sur l'océan.

Ces paragraphes coupés par des notes pratiques *(Piscine, jeudi, 8 heures, dentiste, mercredi, dent cassée... Téléphoner au professeur F. math. Sophie. Ce soir avec le club)* reviennent à la description de ce promeneur étranger, qui, je peux m'en rendre compte maintenant, n'a jamais existé, et perd de sa ressemblance avec toute personne liée à ma vie.

C'était un faible ami, plaintif et joyeux à la fois, avide de tendresse, mais désespéré de ne jamais en recevoir. Peut-être est-il coupable d'être né de mon imagination désœuvrée...

* * *

Me voici plus rassurée. La matinée est calme. Les enfants jouent dehors. Et de la fenêtre de la cuisine je peux voir l'ombre qui agrandit son feuillage sur le mur blanc. Je peux laver la vaisselle et continuer mon histoire. Qui le sait? Rodolphe est de l'autre côté du mur, la porte de verre qui le sépare de moi est la frontière que je ne traverserai pas. Là-bas reposent sur leurs galeries pâles et dans le parc brûlant, de frêles malades dont la pensée sillonne la vie mais ne la pénètre pas. Mon mari, j'en suis sûre, déverse à cette heure-ci la compassion et le secours à ces têtes affligées qui se lèvent vers lui avec innocence. Mais moi qui vis dans sa maison, si près de lui, et qui ne suis pas l'une de ses patientes dont le dossier pourrait exciter sa curiosité, son amour de l'intelligence insoumise aux lois ordinaires de la vie, moi qui ne vis pas là-bas, sous cette muraille blanche, dans les jardins aimables de la folie, et qui ne suis qu'une femme ordinaire à ses yeux, et extérieurement soumise et limpide comme le jour, comment verrait-il que je péris de la même blessure? «Ta chère petite tête ronde pleine de raison» disait-il encore ce matin, en m'embrassant. Qu'il est bon de se dévêtir de soi jusqu'à ne plus se reconnaître pour aller vers celui qui vous aime! Et il est vrai que je m'opposerai toujours à cette muraille, que je ne franchirai jamais cette porte où il serait si doux de s'abandonner, de défaillir sans rémission, afin de garder avec moi la belle apparence de santé que je chéris tant, malgré tout, car c'est là que je me sens le plus à l'abri. Quittant les eaux troubles de la maladie, Rodolphe a besoin d'une femme indifférente au trouble, ennemie du néant. Je le serai. Je serai forte. Je garderai pour lui ma dure résistance à la mort.

> *À peine descendus de l'ambulance qui venait de les conduire à cet endroit pour une brève cure de repos et de lecture, des jeunes gens anémiques lisaient Franz Kafka, à demi couchés dans les chaises-*

longues, les jambes enveloppées de couvertures de laine et les yeux protégés par d'épaisses lunettes. À l'ombre, un groupe de séminaristes lisaient debout et dans un maintien impeccable que je voulus imiter. Et à ma surprise, que lisaient-ils? Le In Catilinam Oratio Prima *de Cicéron...*

De fragiles pointes d'humour étincelaient en moi. Pourquoi avais-je pris mon histoire au sérieux? Paul lui-même écrivait pour rire, afin de se créer un monde plus vivant que celui qu'il rencontrait chaque jour.

Mais à part ces jeunes gens des groupes de lecture, bien peu de personnes intéressantes fréquentaient la plage, avant le dîner. Comme des milliers de personnes immobiles dans leurs fauteuils fixaient avec un intérêt passionné, non le ciel ou la mer, mais leur écran de télévision dont les images se déroulaient sous leurs yeux avec une rapidité si extraordinaire qu'en me promenant d'un écran à l'autre, je ne parvenais pas à saisir une seule d'entre elles, comme ces personnes ne se soulevaient de leurs fauteuils que pour bâiller ce bâillement stérile qui me parut être celui de l'infini, je perdais peu à peu l'espoir de retrouver Anna. Les mouettes volaient trop haut dans le ciel. Quelle heure pouvait-il être? J'avais perdu ma montre en nageant... Cette plage devenait de plus en plus vulgaire à mesure que je la parcourais, des barbiers venus eux aussi en foule de la ville couvraient d'écume blanche et de savon le visage impassible de leurs clients, les femmes épluchaient des légumes sur la terrasse et vous jetaient des paniers d'ordure sur la tête, sans égard pour le livre que vous lisiez en marchant (je lisais un délicat Sénèque et je marchais la tête haute) et enfin, plus bas, ce qui me découragea pour mon rendez-vous amoureux, sur diverses arènes des petits hommes trapus pratiquaient la lutte et la boxe sans égard pour ma décence blessée. J'avais rêvé d'embrasser Anna sur une plage déserte...

Je pensais que j'en arriverais peu à peu à pardonner à Paul l'existence d'Anna, si Anna existait. Et il me semblait de plus en plus qu'il n'y avait pas de place pour elle dans la simple petite vie de mon fils qui étudiait le jour et dormait la nuit, dont les ardeurs ne se tournaient que vers la natation ou la course, ou parfois vers quelque jeune fille sans beauté, plus touchante que belle, désordonnée et gamine, se vêtant d'un pantalon de garçon, comme d'une jupe trop courte, fumant trop, parlant trop fort, s'appelant Sophie ou Marthe, et dont la brève apparition sur le seuil pouvait éveiller la colère de mon mari, inquiet de l'avenir de Paul, jaloux des heures qu'il ne consacrait pas à l'étude ou à la maison. «Ces petites filles, je te défends de les amener ici, tu n'as pas de temps à perdre, il me semble, avec tes examens à reprendre...» C'était là le commentaire rigide que faisait Rodolphe sur les rares amies de Paul. Elles s'éloignaient simplement comme elles étaient venues. Si mon mari eût soupçonné la présence d'Anna dans le cœur de Paul ou la présence de Camille, pour une brève durée, dans le mien autrefois, quel jugement aurait-il prononcé contre nous? J'imaginais facilement sa dignité outragée et l'ouverte condamnation qui en découlerait. «Je ne peux pas douter de toi, avait-il l'habitude de dire, tu es obstinée mais ton cœur est fidèle.» Que pouvait-il savoir de moi? Je changeais chaque jour, j'échappais à sa possession, je me défaisais chaque jour de lui pour l'aimer autrement. Il y avait même des jours où j'étais sèche et dure, et me levant de mauvaise humeur, je me trouvais incapable d'aimer jusqu'au soir. Oui, pensais-je, si Paul a trouvé un amour impossible mais heureux, je dois essayer de m'en réjouir. Mais me rappelant combien j'avais toujours partagé avec Rodolphe, au moins en apparence, un sévère instinct pour l'éducation des enfants, je trouvais difficile de ne point me trahir par un excès de faiblesse.

Devais-je parler à Paul, exiger des confidences qu'il n'avait aucune intention de me faire? J'espérais toujours, en feuilletant le journal de mon fils, passer de l'épisode d'Anna qui me troublait à quelque description de la nature qui calmerait mes doutes. Paul avait transformé la nature. Il n'en restait plus que des racines pourries, des marais asséchés. Nulle végétation saine ne poussait plus dans ces pages. *«L'ange exterminateur vient de passer»*, écrivait mon fils. Mais à côté de cela, la vie quotidienne se déroulait encore méthodiquement, étendant une lumière calme sur toute chose.

> *Ai déjeuné avec Sophie dans la cour de l'Université, avons parlé de choses banales comme d'habitude, excursion dans le nord pour la fin de semaine...*
>
> *Frédérik et moi irons à la pêche... Il a fait beau aujourd'hui, à peine quelques nuages. Chaque jour, la discipline du corps. Le travail des muscles. L'oubli. Ai refusé de signer la déclaration de catholicisme avec les autres. Au risque d'être refusé à l'examen.*

Non seulement le refus de Paul de se joindre aux autres attirerait le blâme de l'Université sur lui, mais aussi il serait la cause de ces longues disputes entre son père et lui. Possesseur d'une foi solide, inébranlable, Rodolphe ne comprendrait jamais la cruelle opposition de Paul à toute autorité religieuse.

— Était-ce donc si difficile d'écrire ton nom sur la liste?

Paul tournait la tête sans répondre. Il avait mon approbation secrète et Rodolphe n'en savait rien.

— Tu fais pleurer ta mère.

Mais je pleurais de fierté. Mon fils avait eu le

courage de rompre les liens qui faisaient encore de moi une esclave. N'allais-je pas à la messe chaque dimanche au bras de Rodolphe, n'allais-je pas communier trois fois la semaine, dans la crainte de décevoir l'espérance qu'avait mise Rodolphe en notre foi commune?

Je priais, par habitude, et parce que j'aimais Rodolphe, l'habitude me semblait sacrée et je ne désirais plus la rompre. Pourtant, ce n'est pas sans une subtile émotion que j'aimais entendre de la bouche de Rodolphe parlant de moi à ses confrères médecins: «Ma femme est la plus vertueuse de toutes», cela dit avec un sourire d'humour que je ne savais pas comment accueillir, car, pensais-je, Rodolphe avait peut-être conscience de mes mensonges. Un mot flatteur pouvait me faire rougir de honte ou de plaisir, car j'y sentais souvent une intention méchante de la part de mon mari. Était-ce sa façon de pénétrer mon armure sournoise, de faire éclater en moi le diamant de vérité que je lui cachais si laborieusement? Je ne le sais pas encore aujourd'hui...

Si Paul aimait une réelle Anna, l'illégitime Anna à laquelle mon mari n'eût jamais songé, lui qui recommandait l'héroïsme des sens et l'amour du devoir, se voyant irrésistiblement enchaîné à chacun de ses malades comme aux membres de son propre corps, ne devais-je pas me réjouir avec mon fils de ce miracle?

— Je voudrais bien savoir ce que tu aimes dans la vie, disait injurieusement Rodolphe à Paul, si ce n'est toi-même?

Quel silence suivait ces paroles! Un mur de silence protégeait Paul contre nous, les assaillants de son espoir. Je baissais la tête devant son regard indigné. Paul devait sourire en lui-même en songeant aux descriptions qu'il ferait de nous dans son journal.

> *Lorsque j'ouvris paresseusement les paupières, je vis ma mère qui buvait seule dans un coin; elle me dit en portant un verre de rhum à ses lèvres:*
>
> *— Eh bien, tu vois tout ce que j'ai fait pour toi et tu en aimes une autre... toi qui étais un élève brillant, autrefois... J'étais si fière de toi quand Monseigneur t'a nommé à la distribution des prix. J'avais repassé ton costume pendant la nuit. Tous les sacrifices que nous avons faits pour toi, ton père et moi...*
>
> *Mais laissant retomber ma tête lourde sur mon épaule je venais de me rendormir...*

Mais à cette scène succédait une autre qui me fit aussitôt oublier la première:

> *Anna et moi écoutions le Requiem de Verdi, dans la chambre, par une fin d'après-midi d'hiver. Le feu flambait dans la cheminée, et de la fenêtre argentée sous la lumière du soleil couchant et du givre, de notre fenêtre contre laquelle je posais ma*

joue brûlante de fièvre et de désir, je regardais descendre les skieurs sur les pentes rouges, doucement envahi par la présence d'Anna à mes côtés qui écrivait une lettre et faisait sécher les pages à mesure devant le feu.

Devant la cheminée, l'eau s'écoulait encore de nos skis, la neige fondait encore dans nos vêtements de laine, suspendus à la chaise. Je pensais délicieusement à Anna quand quelqu'un ouvrit la porte:

— Excusez-moi, dit l'inconnu en franchissant le seuil, vous ne me connaissez pas, je me présente, je suis instituteur, je fais partie du groupe d'instituteurs venu à la montagne pour une conférence annuelle (il avait pourtant l'air d'un skieur dans ses grosses bottes et ses larges gilets), je m'excuse vraiment de vous ennuyer un dimanche...

— Mais enfin, dis-je, de quoi s'agit-il?

— Je n'aime pas la musique, dit l'inconnu, voudriez avoir la bonté de baisser le volume? Eh bien voilà, dit l'inconnu, vous n'êtes pas encore enregistré pour les cours du mois de décembre. Vous n'avez pas non plus payé vos cours de l'an dernier, et notre doyen s'inquiète. Monseigneur ne peut plus vous entretenir,

Monsieur. Si vous êtes vraiment un balayeur ne venez pas dans nos écoles.

— Je vous défends de me parler ainsi, Monsieur, sortez, dis-je à l'inconnu qui n'en parut que plus à l'aise et s'écria: «Quel beau spectacle!» en contemplant les skieurs dans la lumière du soir.

Anna cherchait son carnet de chèques sous le lit. Je trouvai le mien qui était vide, comme d'habitude.

— Nous ne pouvons plus vous garder dans nos riches universités, Monsieur, je regrette... je...

Anna signait une quantité de chèques d'une main nerveuse. Elle les glissait aussitôt dans la manche du chandail de l'inconnu qui ne semblait pas remarquer l'inquiétude d'Anna ni la mienne, regardant toujours à la fenêtre d'un air maussade.

Enfin l'instituteur sortit, en remerciant Anna pour les chèques. C'était le jour d'une grande humiliation pour moi et...

Et quelques instants plus tard...

Je ne sais comment je m'évadai de cette rue orageuse, soudain, et je me trouvai au seuil de l'Université. Il me sembla naturel de respirer à nouveau un air plus frais, une vie plus pure. Le petit cireur m'attendait avec mes bottes. Il était sale et maladif, hélas, et je craignais d'être empoisonné par son haleine. Aussi je m'éloignai de lui dès que je le vis venir vers moi dans la ruelle.

Ce n'est pas sans une certaine gêne que je passe chaque soir devant la place des aveugles. Ils dirigent vers moi leur blancs yeux de fièvre et de rosée, puis retournent aussitôt à leur rêve.

On avait étranglé les agneaux dans la pénombre des marchés. Mais ce soir-là la pluie avait effacé toutes les traces de sang.

* * *

Il est temps pour moi d'oublier le journal de Paul pour faire le repassage et préparer le repas de midi. Les enfants jouent à l'ombre. Il est onze heures. La cuisine rayonne de propreté, le soleil brille sur le plancher nu. J'ai coupé des fleurs nouvelles pour le salon, et en voulant rafraîchir le géranium qui mourait de soif, dans son vase de métal, je l'ai presque noyé. J'ai dit que mes enfants, les plus petits, m'apportaient un peu de paix. J'ai même parlé de la douceur de leur intelligence endormie. Ce matin, je les regarde et il est possible que j'aie raison de les qualifier ainsi de ces vertus angéliques, car jouant à l'ombre des cailloux, ce sont d'inoffensives créatures (si Marc ne rêve pas encore d'écraser une famille de fourmis sous l'ongle de son pouce... si François n'est pas en train de torturer le chat...) mais eux aussi, je dois l'avouer, m'inspirent de la frayeur. Je peux sentir sous leurs boucles légères, leurs bonnes grosses joues, le tourbillon de monstres qui s'agite déjà. Je ne rêve pas. Ces enfants me font peur. Un jour, Marc a le visage même de l'innocence et lorsque je lui demande d'où vient cette odeur de fumée sous le lit, il me dit, avec l'air le plus candide: «Je viens de brûler trois hérétiques.» Inutile de chercher comment naissent de telles pensées sous ce front pur, la réplique est toujours prête. «Ils en ont brûlé beaucoup au cinéma l'autre jour.» Ou bien: «J'ai vu ça à la télévision hier. Pam... Pam... Pam... On a tué cinquante Indiens d'un seul coup.» Le lendemain, François décide d'élever, à l'aide de boîtes de carton, la cathédrale de Chartres entière: défense à tous de pénétrer dans sa chambre; François se plonge dans de graves méditations. Mais si vous revenez quelques heures plus tard, ce n'est pas Chartres que vous trouverez là, mais l'impitoyable fusée qui hante son sommeil la nuit, ou l'avion, le bombardier qui hantent son cerveau le jour. Mes enfants habitent un royaume de cubes et de pyramides auquel je ne m'habitue pas. Les meubles de la maison, pourrais-je dire, aussi, ressemblent à des jouets inquiétants que je n'ose pas arracher de la main des enfants. Était-ce le goût de Rodolphe ou le mien qui a inventé ainsi toutes ces formes bizarres, ces lampes, ces tables, ces chaises, toutes pétrifiées dans la même langueur, le même envoûtement glacé sur lequel le temps s'élance mais ne glisse pas, est-ce moi qui ai choisi de vivre ainsi parmi les blanches colonnes du temps?

Les tables sont polies et fraîches, on peut y mirer son visage comme dans une source, on peut surprendre l'étincellement d'une lame de couteau, dans les reflets du bois. Sévères compagnes, les chaises redressent votre dos, fouettent votre lassitude, mais vous refusent la délicieuse attente, le repos facile qui achève le jour. Le pied gracieux qui rêverait de glisser sur la pente moussue des tapis ou de s'y enfoncer, comme dans une neige tiède, n'y trouverait qu'un sol d'épines — la présence irritée des choses lève partout autour de moi sa tête couronnée d'aiguilles. Nul objet familier ne peut plus m'accueillir, dans ma cuisine géométrique, dans ma chambre en forme de cercle, je n'ose plus mouvoir une main hors de ma captivité.

— Je ne suis pas ton enfant, dit François, je suis un œuf, et dans cet œuf il y a un autre œuf, et dans cet autre œuf un petit œuf.

— Est-ce qu'il y a un cœur dans le plus petit des plus petits des œufs?

— Non, il n'y a pas assez de place.

L'enfant-aux-fusées dira toutefois que le soleil n'est pas le soleil mais «un coq qui a déplié toutes ses plumes à l'aube», il refusera de compter jusqu'à 11 disant qu'après le chiffre 11 «il n'y a plus rien. On tombe et on ferme les yeux et on meurt.» Et peut-être est-il vrai que le pont fragile qui va de 11 à 12 n'est qu'une échelle de soie jetée sur ma raison inquiète...

* * *

«Mon fils est pervers» pourrais-je penser, il se plaît à avilir mon image. Mais je crois qu'il en est autrement. Paul ne m'aime pas bonne épouse, bonne mère, cette fausse vertu le déconcerte. Il me détruit dans son imagination afin de me refaire plus honnêtement. Je deviens une femme ivre (moi qui ne trempe jamais mes lèvres dans une coupe de vin afin de plaire à mon mari) pour laquelle il est soudain possible d'éprouver un sentiment quelconque, fût-il celui de la pitié. Un jeune homme aime la pitié quand il peut l'offrir généreusement, dans un élan de confiance ou d'orgueil. Ainsi, Paul changera les rôles, il me protégera quand c'est moi qui le protégeais hier.

Ma mère attendait dans sa voiture, sur le pont. Je la croyais seule mais lorsqu'elle baissa la vitre de la portière, je vis son amant qui dormait, la tête appuyée sur ses genoux.

Mais il pleuvait déjà depuis une heure peut-être et je ne l'avais pas remarqué. De mon front ruisselait une pluie noire et glacée. Je n'avais plus le désir de parler à ma mère. À quoi bon? La pluie, le brouillard nous séparaient...

Je tressaillis soudain car les cloches sonnaient à nouveau à la cathédrale.

Ne portait-elle pas avec elle un petit calendrier d'or, où étaient écrites, dans une langue qu'elle ne pouvait déchiffrer, les dates mystérieuses de chacune des tragédies intimes de son existence?

Elle savait mentir, trouver des ruses nouvelles, feindre de ne pas comprendre. Il y avait sans doute longtemps que ma mère était morte, comme beaucoup de gens, et qui donc mieux que moi pouvais comprendre le sommeil, la lente habitude du mensonge et de la dissimulation?

10 milles, course d'hier, dans le bois de T. Frédérik a encore gagné, c'est injuste. Je me vengerai.

Plus tard —

Frédérik, écoute, lui dis-je, il faut faire quelque chose, organiser une révolte, j'en aurai la force. Je parlerai à l'évêque. Les lampes ne sont pas de bonne qualité. Elles ne durent pas. Elles s'éteignent avant que tombe la nuit. On ne chauffe pas assez. Je l'ai toujours pensé.

Des salles de conférence ouvertes dans le vent, des cheminées vides, je ne peux plus supporter cela.

— Que me veux-tu? dit Frédérik.

— Je viens chercher la médaille que tu as obtenue à ma place...

Pourquoi Paul avait-il créé ce gouffre social entre lui et Anna, que connaissait-il de la pauvreté, sinon ces nécessaires privations que lui avait imposées mon mari, lorsqu'il avait contraint Paul à gagner ses études dès l'enfance?

— Cela te fera du bien de connaître la valeur de l'argent. Et travailler sur une ferme, l'été, ne peut pas être néfaste à un jeune homme fort comme toi.

Peut-être était-ce pour nous punir que Paul avait montré un tel mépris pour ses études en grandissant? Découvrant que les belles heures de sa jeunesse étaient continuellement voilées par des soucis d'argent, il avait trouvé la clef de sa délivrance en se jetant dans le sport, comme dans un lac d'oubli.

Je craignais pour elle, pour la frêle beauté de son être livré à la vue de ces gens grossiers qui n'appartenaient pas à sa classe. Je craignais pour elle l'impudeur des regards sournois levés vers elle, je craignais de me confondre, à ses yeux, à ces corps béants, à l'indifférence de ces âmes, et ne pouvant me taire, je soulignais tou-

jours, comme l'eût fait mon père dans les mêmes circonstances auprès de ma mère, la dépense du tailleur, les capricieux déboires d'Anna, dans les magasins, je la jugeais sur sa fortune, quand moi-même j'étais le premier à en jouir et à en bénéficier.

Cela devait amuser Anna qui souriait, car je portais encore l'élégant costume de tweed dont nous avions fait l'achat la veille, avant de partir pour ces vacances au bord de la mer: j'avais menti à mes parents encore une fois, prétextant une fin de semaine à la campagne avec Frédérik. Jamais le souvenir de ma pauvreté disparue, (et pouvais-je appeler pauvreté ce qui n'avait été selon mon père qu'un état de malaise et d'incertitude?) jamais ce souvenir n'avait été si pénible que lorsque je marchais avec Anna sur cette plage, songeant avec une triste satisfaction que rien ne me manquait, rien, non, et qu'Anna m'avait appris de grandes choses, mais que dans l'espoir de la conquérir, j'avais perdu ma dignité. Si vous perdez votre dignité, que devient l'amour? Ne s'égare-t-il pas lui aussi? N'est-il pas voué à la même perte?

Oui, Anna devait sourire car elle était

celle qui donne et un légitime bonheur gonflait son cœur.

En marchant avec Anna parmi ces rangs de femmes et d'hommes que le vent ou la mer avait rejetés comme des épaves sur le sable, monceaux d'épaves qui séchaient maintenant au soleil, je pensais avec tristesse qu'Anna ne voyait pas le même paysage que moi, je pensais que j'étais le seul à boire la coupe des ténèbres.

— Vous n'allez pas pleurer pour un tailleur, disait Anna, en riant, allons, mon petit... Vous n'allez plus me faire des reproches...

Ma chère Anna, que fait donc un jeune homme pauvre dans la vie d'une maîtresse trop riche? Oubliez cette folie d'un moment, ma chère Anna, pardonnez-moi d'avoir levé un jour mon regard vers vous, et bien que je ne sache encore lequel de nous deux a silencieusement mendié l'amour le premier, ne dois-je pas m'excuser de la grande audace qu'éveilla en moi la beauté de vos yeux, la douceur de votre voix? La fierté d'un jeune homme est un instrument fragile. Vous dont les sentiments et les goûts ont la délicatesse des fleurs, avez pu, parfois, sans le vouloir, en briser les cordes sauvages. Ce fut pour moi un réel cadeau du destin de partager un amour si parfait, une passion si émouvante. Mais vous ne pouvez garder auprès de vous, ne fût-ce qu'aux yeux du monde, un amant dont la seule qualité serait de savoir vivre avec élégance dans le sillon de votre fortune et de votre beauté.

J'étais seul avant de vous rencontrer. Je serai plus seul encore quand je vous quitterai. Notre liaison n'aura été qu'une brève histoire dans votre vie. Et sans doute, ma chère Anna, serez-vous la première à l'oublier... C'est en vous souhaitant l'oubli et des bonheurs plus grands que ceux que nous avons connus ensemble, pendant ces quelques années, que je baise doucement votre front pour la dernière fois.

Paul.

— Mais laisse-moi me lever, disait Anna, il faut que je lave mes cheveux. Les branches brûlaient trop vite dans la cheminée. J'avais à peine le temps d'aller les cueillir qu'elles étaient déjà en cendres. Anna brossait nerveusement ses cheveux devant la flamme. Par erreur, j'avais jeté mon livre de Montaigne au feu, avec les branches. Anna me fit remarquer que j'avais encore manqué mon cours. J'avais une bonne excuse pour ne pas aller aux

cours, dis-je à Anna, j'étais encore en pyjama.

— Maman, maman, disait le petit garçon d'Anna, couché à plat ventre sur le tapis, éteins la lampe, maman. J'ai un blessé qui dort.

Il y avait une petite guerre sous la lampe. Martin avait rangé ses armées et ses chevaux. Anna ne faisait pas de bruit en brossant ses cheveux. Je parlais bas pendant que l'encre rouge coulait sur le tapis blanc.

— Non, non, ne pars pas encore, disait Anna, je t'en prie. Attends encore une heure. On pourrait te tuer dans la rue ce soir...

Parcourant ces pages, il me semblait comprendre enfin le rôle éphémère d'Anna dans la vie de Paul. Anna était l'amour impossible, le symbole de la passion déçue. Non, Anna était plutôt l'amour confiant, la belle liaison inachevée que tout homme rêve de vivre. Montant à la chambre de Paul, ce matin, je vois l'armoire close, le lit que nulle main n'a défait, les rideaux tirés sur le jour... Mon fils n'est pas rentré cette nuit.

Je m'habillais devant la glace. Anna passait derrière moi pour refermer les tiroirs, refaire le pli de mon lit, ranger mes vête-

ments dans l'armoire. À chaque jour vaincu par une nouvelle bonté du destin, je prenais l'habitude de chérir ma vie, d'aimer Anna. Si elle me reprochait pour la centième fois «cette manie surréaliste de laisser bâiller les tiroirs», je feignais d'être offensé, je me raidissais aussitôt dans une fausse froideur:

— Mais de quel droit Anna me traitez-vous comme votre fils?

Mais je trouvais dans les reproches d'Anna, ses réprimandes maternelles, le sujet de l'exquise provocation qui précède l'amour. Souvent, Anna ne voyait rien de ce jeu et elle y trouvait, sans le vouloir, une excellente occasion pour la dispute et par cet élan cruel du cœur, savait comment m'atteindre à ce vulnérable endroit où j'attendais d'elle le bonheur. Il ne suffisait que d'une parole adroitement semée et s'ouvrait en moi cette blessure prête à saigner dont elle avait pressenti l'existence en secret. Je pouvais moi aussi tourmenter Anna de la même façon et, de la glace où je voyais nos deux images se refléter et se confondre, sans un geste, pétrifiées dans la même lueur sombre, enlacées par la même contrainte du départ, je trouvais en nous la même immobilité calme qui, sur les photographies, annonce que le jeune soldat debout auprès de sa mère va bientôt se séparer d'elle pour toujours, ou que cette jeune fille qui rit aujourd'hui, au bras de son fiancé, voile de son sourire prophétique le cancer qui la ronge, et que la blanche lumière dont elle irradie aujourd'hui vous apprendra plus tard qu'elle n'était que l'un de ces rayons de la mort qui auréole le présage: oui je pouvais dire à Anna, sans même remuer les lèvres: «Vous vous trompez Anna, cette fois c'est vraiment la fin du monde...»

Mais comme je craignais de la troubler, je ne disais rien, je regardais sourire un jeune homme mécontent dans la glace, j'avais pitié de la tête amie qui reposait sur son épaule, déjà séparée de lui, tranchée de son amour, me semblait-il, par l'épée de l'ange qui passait si souvent dans mes rêves...

Levant ma tête lasse, je vis mon visage, à mon tour, dans ce miroir sur lequel flottait encore le reflet bouleversé de Paul et d'Anna. Ce visage était calme, souriant, une saine fatigue semblait empourprer les joues, le nez, à la naissance d'un cou trop long et légèrement amaigri, la pointe des os saillit sans beauté; cette tête familière perdait ses cheveux blonds, gagnait de précoces cheveux blancs et n'avait de particulier qu'un quotidien penchant pour les migraines et l'irritation. Hors de tout cadre romantique, je trouvais de la douceur à penser que Rodolphe aimait cette tête fatiguée en laquelle je trouvais moi-même plus d'ennui que d'intérêt. Libérée de ses formes prisonnières comme l'eût été la tête d'une femme quelconque dans un tableau, je voyais mon visage idéalisé par la caresse des couleurs, le jeu de l'inspiration capricieuse. Apparaissaient çà et là dans un rectangle rose, dans un coin exilé de la glace, mon oreille pâle, dépareillée de l'autre, mon cou violemment déraciné du tronc de ma tête, par un coup de pinceau habile, et là-haut, telle une nuée de colombes, mes cheveux courts s'ébattant en liberté, mon nez rieur, comme un point rose au milieu du tableau gris, et ce sourire, et ces yeux gris, et ces dents blanches, emportés eux aussi par la tempête magique...

— Maman, le facteur sonne à la porte.

Sonnait aussi le téléphone et sanglotait dans la cuisine Marc qui avait failli s'étouffer en avalant un noyau de cerise.

— J'étais en train de mourir et tu ne le savais pas. Méchante maman, je ne t'aime pas. C'est fini. Je m'en vais. Où est ma pelle, mon seau de sable, je pars pour l'Afrique.

L'Afrique était dans la cour, sous l'ombre chaude de l'arbre.

— Mais mon chéri, j'étais en haut, je faisais le lit de Paul. Je ne pouvais pas t'entendre pleurer, j'étais trop loin.

— À chaque fois que je m'étouffe, tu n'es pas là. Tu te souviens quand j'étais petit et que j'avais mangé des aspirines. Tu n'étais pas là. Tu jouais du piano. C'est ta faute, si je meurs en mangeant des cerises. Et puis, tu te rappelles quand j'ai eu la scarlatine, c'était ta faute, aussi. Bonjour maman, je m'en vais.

Il viendra bien boire son verre de lait à midi. Et m'ennuyer avec son histoire de fusée pendant le dessert! Chaque jour, cette scène se répète. Les enfants montrent le poing et m'accusent d'un œil sombre. M'aimant comme certaines personnes aiment Dieu, ils mêlent souvent l'injure à la prière.

— Maman, donne-moi une pêche. Pas celle-ci. Elle est pourrie. Tu veux m'empoisonner maman? Du pain, maman, et vite, j'ai faim. Ouvre la porte de la salle de bain, maman, tu vois bien que je suis pressé. Aïe, maman, l'eau est trop chaude, tu me brûles. Je peux me laver seul. Je n'ai pas besoin de toi. Tu m'as encore rasé la tête comme un mouton. Regarde je suis laid. C'est ta faute.

Larmes et rires, comment en suis-je arrivée à aimer ces diables?

— Donne-moi un petit frère, tu vois bien que je m'ennuie tout seul avec François. Donne-moi un petit frère pour moi tout seul et je le cacherai sous mon lit, la nuit. Je serai toujours obéissant, j'irai à l'école.

— Non, dis-je, c'est fini.

Et j'arrachais de mes jupes l'enfant non sans ajouter que je ne voulais plus le revoir et qu'il me donnait mal à la tête, «va-t-en, disparais, je ne peux plus te supporter!» Tout de même, il eut son petit frère, et si je ne l'avais pas surveillé, dans son amour extravagant, Marc aurait percé les yeux du bébé, joué avec ses bras comme avec ceux d'une poupée de caoutchouc. Il passait aussi subitement de l'amour à la haine et disait simplement à sa mère: «Jette donc ce vieux bébé dans la poubelle.» Ou bien: «Je ne veux plus de lui dans ma chambre, il pue.»

— Et si j'étais mort à cause de la cerise, tu m'aurais enterré dans la cour, en Afrique, avec les lions?

Sur ces paroles, il sortit et joua au cimetière dans la cour. Le facteur m'avait-il apporté de nouveaux comptes de gaz à payer ou une lettre d'Anna à Paul?

> *Paul, mon enfant, ce que vous semblez ignorer c'est que l'argent n'est qu'une illusion maniable, du sable qui coule entre les doigts. Je vous aime. Revenez. Je vous attends.*
>
> *Anna*

Le cri de la sirène qui traversa la ville me rappela qu'il était midi et que les enfants avaient faim. «Le milieu social n'est qu'un monde d'apparences, avait écrit Anna, de son écriture fière et domptée, revenez vite chéri.» Je me retournai, emportant du jardin de la laitue qui débordait du panier: il était là, il me regardait paisiblement, debout sur le seuil.

— Bonjour, Paul, dis-je, d'une voix morne.
— Bonjour, dit-il froidement.

Il se mit à table, ouvrit un livre. Je remarquai qu'il prenait des notes tout en lisant. Avait-il l'habitude de bouder ainsi devant Anna, créait-il entre elle et lui cette même distance qu'entre nous? Non, s'il se réservait ainsi, ce n'était sans doute que pour mieux faire le don de lui-même plus tard. Hautain avec sa mère, il serait tendre comme un petit enfant avec sa maîtresse.

— Tu as couru ce matin?
— Oui, à l'aube.

Je voyais ce jeune homme vêtu de blanc, courant sans bruit sur la ville blanche, au lever du soleil, les yeux mi-clos sur son rêve sauvage, son pâle visage levé vers le ciel.

— Combien de milles?
— Huit.

J'avais rendez-vous avec Anna sur une grève. Le ciel était illuminé par un soleil immense et éclatant qui semblait envahir l'horizon, graduellement, et dont le coureur que j'étais devait se protéger, une main sur les yeux. Je courais, écartant sur mon passage les débris d'hommes que l'océan rejetait à mesure sur le rivage ensoleillé.

Si Anna infligeait à ce jeune homme triomphant la peine intime de l'humilité, la femme jalouse en moi s'en réjouissait honteusement. «Il a besoin d'être brisé», avait dit mon mari, autrefois, en voyant ce victorieux visage que je voyais aujourd'hui (mais qui sait aussi si ce n'est pas une apparence trompeuse?) Je pensais: «Grondez-le un peu, Anna, cela ne peut pas lui faire de mal, bien au contraire,» puis découvrant qu'une muette complicité me liait à cette femme, je détruisais aussitôt mon image en moi. «Quel bonheur qu'elle n'existe pas, le pauvre enfant souffrirait tant auprès d'elle!» Je déguisais Anna. Je m'excusais auprès d'elle de lui avoir permis d'exister. Étouffant sous mon poids de mensonges et d'illusions, j'avais encore l'audace de sourire à Paul, de feindre la tendresse. Je caressais ses cheveux en passant, je lui faisais remarquer qu'il portait une jolie cravate, qu'il avait du goût. Je ne pouvais pas être plus maladroite. Paul rougissait en tournant les pages de son livre. Enfin, je ne pus résister à l'envie de poser cette question:

— Comment va-t-elle?
— Qui donc? demanda Paul d'un air étonné.

Puis sans me laisser le temps de répondre, il ajouta sèchement:

— Tu as encore renversé la crème, maman.
— Elle a renversé la crème, répéta Marc sur un ton supérieur; regardez, tout le monde, (il parlait à ses ours de peluche, assis sur la chaise voisine, à son chat qui dormait sur la fenêtre et au serin dans la cage) elle a encore renversé la crème!

Et à son tour, il en laissa couler sur la nappe, à petites gouttes, et malicieusement, jusqu'à ce que je crie.

Alors il est devenu poli et sage et il a demandé des félicitations à la fin du repas.

— N'est-ce pas que j'ai été gentil? Est-ce que tu ne devrais pas me récompenser un peu?
— Je vais te gifler, dans quelques instants, dis-je, si tu ne montes pas faire la sieste dans ta chambre.

À nouveau les larmes et les supplications. Moi qui étais si gentil, tu m'envoies dans ma chambre. Tu me chasses. Tu ne m'aimes plus. Oh! comme c'est triste!

Pendant ce temps, Paul tranchait la viande, dans son assiette, d'un air maussade. Il mangeait si vite et avec un appétit si violent que moi qui buvais lentement un verre de jus de tomate, assise en face de lui, je m'inquiétais des délicats appétits d'Anna en face de ce jeune loup.

— C'est étrange, on met une heure à préparer un repas et il disparaît en trois minutes.

Paul sourit gentiment:

— C'est que quelqu'un m'attend à l'Université, dit-il pour s'excuser.

— Sophie! demandai-je, les yeux baissés.

— Non, quelqu'un d'autre, dit Paul, dégagé.

— Je peux aller te reconduire si tu veux, les enfants dormiront jusqu'à deux heures.

— Tu peux venir si tu veux, dit Paul, en haussant les épaules.

Paul ferma son livre.

— Qu'est-ce que tu lisais? demandai-je.

Il ne répondit pas.

— Tu pourrais répondre à ta mère.

Encore une fois cela le fit sourire. Il avait rougi imperceptiblement.

Anna lisait au bord de l'eau. Elle était entourée de volumes. Elle voulait lire tout Balzac pendant l'après-midi. Il y avait une

> *odeur de terre et de plantes que le soleil a consumées tout le jour. Je nageais joyeusement dans la rivière tandis qu'Anna me faisait la lecture. («Dans la pure et monotone vie des jeunes filles, il vient une heure délicieuse où leur soleil...»)*
>
> *C'était une voix agréablement proche qui faisait battre mon cœur, dans ma poitrine, je me laissais glisser de fatigue au fond de la rivière, je me noyais avec plaisir. Anna venait me sauver. J'écoutais la suite sur ses genoux. («Où les palpitations du cœur communiquent au cerveau leur chaude fécondance et fondent leurs idées en vague désir...») Je fermais les yeux. Je l'appelais plusieurs fois à travers mon sommeil. J'écrivais des romans dans ma tête enivrée. Il était une fois une nuit de juin et j'aimais Anna, l'eau coulait dans la baignoire et Anna me lisait du Balzac...*

— Tu sais bien ce que je lis, dit-il, insensiblement.

Me méprisait-il ou voulait-il simplement se mettre à l'abri de mon indiscrétion? «Je suis ta mère, j'ai droit à une explication morale, il me semble, tu n'as pas dormi ici cette nuit...» Je connaissais la perverse intention de chacune de ces petites phrases, ainsi, devais-je faire au moins l'effort de ne pas les prononcer.

— Ma pauvre maman, tu aurais besoin de vacances!

Quelle habileté ont les êtres jeunes pour se protéger de leurs aînés! Aussitôt le déjeuner achevé, Paul se leva, marcha gracieusement vers la porte, sans un regard pour les enfants et moi. Je remarquai toutefois qu'il s'arrêta brièvement devant la glace du corridor pour brosser ses cheveux avec ses doigts, comme il avait eu l'habitude de le faire, enfant, et une pensée stupide me traversa: «Voyons, ce n'est pas possible que je l'aie entièrement perdu!»

— Tu viens maman? demanda Paul.

Dans la voiture, je me sentis soudain trop faible pour conduire et je demandai à Paul de le faire à ma place.

— Tu sais tout faire d'une façon superbe, dis-je, non sans une pointe de tristesse et d'envie.

Je voulus ajouter: «Comme ton père, tu es irréprochable.»

— Et comment va ton géranium?

— Noyé, dis-je, trop de soins.

On jouait un concerto de Bach à la radio. Les bruits de la ville nous empêchaient de l'écouter attentivement. Le premier mouvement, né pour le silence d'une campagne sublime et douce, se confondait à l'impatiente rumeur des voitures sur l'asphalte brûlante, au chancelant départ des trains sous la terre.

— Une usine d'acier?
— Non, un pont.
— Pourquoi?
— On ne sait pas.

Mais pour le malade qui pleurait, silencieusement accroché aux grilles de sa fenêtre, là-bas, tout près, de l'hôpital princier qui dominait la ville de ses douze étages (se dressaient à ses côtés de somptueux hôtels pour les vieillards, des villes ouatées dans lesquelles circulaient, en chaises roulantes, de mélancoliques invalides qui aimaient s'enfermer tout le jour dans le sourd cachot des ascenseurs pour y dormir ou pour y expirer dans la solitude...) pour le malade aux limpides chagrins et aux brusques éclats de rire, oublieux du temps, des saisons, assis à sa fenêtre, telle une plante tardive se nourrissant de quelques rares rayons de soleil perçant sa paroi de verre, la ville était silencieuse, car du fond de cette mer calme où se reposait son cerveau, les bruits ne parvenaient plus sinon la note déchirante d'un concerto de Bach qui parfois osait descendre jusqu'à cette oreille exilée et murmurer d'une voix proche: «C'est moi, tu te rappelles?»

— Ce jour-là, quand on verra le soleil rouge dans le ciel et les sillons de feu que les avions laisseront derrière eux, on comprendra que tout cela ne valait pas la peine, ces édifices de pierre, ces montagnes de ferraille... De la cendre, on ne verra plus que des cendres...

Je levai les yeux vers lui. Paul n'avait rien dit.
— Que disais-tu maman? Je n'ai pas entendu?
— C'est un beau concerto, dis-je, lentement.

Anna évoquait le silence des bois, mais de cette marée de télévisions à perte de vue sur la plage, montaient encore les clameurs, des voix effrayantes qui ensevelissaient la note fragile d'une vague se brisant contre le rocher. «Mesdames, Messieurs, vous écoutez la passion selon saint-marc de Teleman... pas de despotisme, Messieurs, je demande à votre excellence de me donner le... Le Bouclier, dit le Ministre en se levant, c'est mon seul but... Un démaquillage parfait, évitez les pattes d'oies, la Crème Castille dissimule les cernes sous les yeux, en dernier lieu je vous recommande l'Espagne, le soleil méditerranéen, Messieurs, vous écoutez la messe en si de Jean-Sébastien Bach, l'une des œuvres les plus complexes dans l'écriture, la plus profondément religieuse dans la forme, les solistes sont... Un climat d'inquiétude au gouvernement, le Conseil en a assez, pourquoi n'avoir pas pris cette décision avant le vote?... Me trompe qui pourra... est-ce qu'il saurait jamais le faire... que je ne sais rien tandis que je penserai être quelque chose ou que quelque jour il soit vrai que je n'aie jamais été, étant vrai maintenant que je suis... Après avoir procédé au massacre ordinaire des indigènes sur l'Isthme de Panama on décide de fonder une colonie, j'entends seulement par ce mot de nature une certaine inclination qui me porte à croire cette chose et non pas une lumière

> *naturelle, mais l'astrophysique fait des progrès considérables...*

— Tu sais maman, après 220 jours d'aventures spatiales, un astronaute italien...
— Pardon, mon chéri, qu'est-ce que tu disais?
— Je parlais de l'Olympique de Nîmes.
Silence.
— Que ferez-vous cet après-midi à l'Université?
— De la physique, dit Paul.
Et déjà c'était la fin du voyage. Paul fit claquer la portière et s'enfuit en courant, les bras chargés de livres, ses chaussures de tennis nouées à son cou. Je le vis se joindre à un groupe de camarades rieurs. Tous ces jeunes gens me semblaient beaux dans la lumière de l'après-midi. J'eus envie de pleurer.

— C'est absurde, si Anna me voyait...
Mais pourquoi a-t-il choisi une femme de mon âge? «C'est immoral, pensais-je, je dois en parler à Rodolphe.» Un autobus klaxonnait derrière moi. Une voix m'insulta.

— Des gens comme vous, on devrait leur interdire la rue, Madame...
Dans cette voiture qui me sembla soudain étroite comme un cercueil, je me mis à trembler de frayeur.

— Le pont est à droite, tournez donc... Est-ce que vous ne voyez pas les signaux?
Non, je ne les voyais pas. J'avais perdu l'habitude de voir. Je pensais à autre chose. C'était une heure inquiète où, parce que l'on se sent mal à l'aise, soudain, menacé de migraines ou de maux d'estomac,

on imagine la mort subite des siens, on se croit destiné à périr dans une collision d'automobiles ou de trains, où le péril du corps se confond au péril de l'esprit.

Au moment où j'imaginais une à une toutes ces choses atroces, voyant Marc se noyer en prenant son bain, Paul succomber à une attaque du cœur, en courant, mon mari se faire écraser par un tramway en traversant la rue, quelque part ailleurs, et peut-être même pas très loin de moi, ces choses se déroulaient mécaniquement, un jeune homme se noyait dans une piscine, une vieille femme mourait seule dans son appartement, de paralysie, des familles entières étaient décimées dans un incendie... De ma petite voiture où je me rassurais peu à peu, me disant que tout cela était impossible et que je pouvais remédier à ces malheurs grâce à un verre d'eau froide, je pouvais entendre l'alarme d'incendie, la sirène de l'ambulance et, m'enveloppant toujours de mes réconfortantes pensées, sentir que malgré tout, ce n'était pas à moi, ni aux miens que cela arrivait...

Ma chère Anna, vous me demandez pourquoi je n'aime pas la vie? Parce que, à l'heure où je vous écris, des milliers de jeunes gens doivent mourir sur les champs de bataille... Mon tour viendra, mon tour approche...

Ô Mon Amour, avez-vous vu la rosée ce matin sur les feuilles?

Dans cette flamme sacrificielle, que nos cendres soient unies comme l'étaient nos corps...

«Venez vite mon petit Paul. J'ai vu mon visage dans la vitrine d'un magasin, hier. Vous l'avez remarqué. Je vieillis.»

Anna. Je pouvais peut-être la rencontrer dans la rue. Oui, en marchant dans la ville, en allant de boutique en boutique, je la verrais peut-être, se choisissant une robe nouvelle, un parfum... Elle me verrait aussi, avec mes enfants par la main, mes petits garçons en maillots rouges et pieds nus dans la ville blanche, elle penserait peut-être: «Tiens, c'est elle... Il ne m'en a jamais parlé.» Elle remarquerait peut-être ma jupe bleue, le quotidien chemisier blanc au col pudique, peut-être observerait-elle mes sandales neuves? «Il ne lui ressemble pas. Elle a des goûts trop simples. Pas de maquillage.» Je dirais: «Oui, c'est moi.»

Mais quelle comédie... La plus coquette des deux n'était pas la maîtresse de Paul mais sa mère. Je me soignais comme la femme abandonnée. J'avais pitié de mon image offensée. Cela me fit rire silencieusement.

— Tu ne te connais pas, ma petite fille, disait Rodolphe.

Mais oui, pensais-je, c'est ça, je ne me connais pas. Mais il y a si peu de temps pour se connaître. Certains se connaissent si bien et ont une vision si clairvoyante d'eux-mêmes qu'ils ne peuvent se supporter, le cœur toujours envahi de scrupules et la mémoire défaillante sous les souvenirs, ils rêvent de mettre fin à ce règne de transparences qui composent leur vie. On les verra exhiber de merveilleuses patiences avec tant d'autres auprès desquels ils ne vivent pas, mais ne pouvant vivre avec soi-même plus d'une heure. Il n'est pas étonnant que l'on apprenne fréquemment le suicide d'une personne en qui l'on avait vu beaucoup d'amabilité et de courage, quand il s'agissait des autres, mais qui n'en avait aucun devant soi-même.

«Revenez vite, mon ami. Je suis très triste, ce soir.»

Anna était connue de Paul. Il reviendra auprès d'elle, pensais-je.

Il était tard. Mes camarades m'attendaient à la gare. Encore une fois, je devais quitter Anna jusqu'au lendemain, et qui sait, peut-être pour toujours. Comment avais-je pu ne pas prévoir cette menace autour de moi, quand depuis mon enfance, dans tous les livres que j'avais lus, sur toutes les illustrations de mes livres de classe, j'y avais vu le signe noir de la guerre? Mais peut-être s'agissait-il simplement de la menace de l'amour? Anna ne voyait dans notre séparation qu'une chose éphémère, elle parlait de venir me rencontrer le lendemain... Encore une fois, pensais-je, la brève lueur de l'amour s'éteignait jusqu'au lendemain, Anna était morte d'un jour de plus, et pour la retrouver intacte, le lendemain, entre cinq et six heures, le soir, je traverserais encore une autre plage de temps, des drames en suspens, de minuscules tragédies peuplaient alors mon imagination, qui sait si Anna n'allait pas rencontrer la mort pendant mon absence? Il ne suffit toujours que de bien peu de choses, entre six et sept heures le soir, pour que l'être aimé plonge dans les ténèbres à jamais, le fil de la vie est d'une minceur si suspecte qu'il est vain de vouloir en éprouver la résistance en tirant de chaque côté comme on tente de rompre l'araignée fragile en tirant sur les fils de sa demeure... Lorsque la supposition de l'accident de voiture avait été écartée, je passais à autre chose, allant ainsi jusqu'à ce que s'éteigne en moi la dernière possibilité du malheur.

— Paul est-il rentré?
— Il étudie dans sa chambre.

Je mentais. C'était la nuit, déjà, et Rodolphe disait: «Comme il a fait chaud, aujourd'hui» ou quelque lente parole de tendresse que j'écoutais distraitement: «Pardonne-moi ma chérie, je suis venu trop tard...» Des montagnes de journaux me séparaient de lui. Rodolphe avait l'habitude de lire les journaux au lit et d'encercler de rouge toute anecdote susceptible de prolonger son espérance du lendemain.

«En s'appuyant sur des statistiques établies, un Japonais affirme que... L'on imagine cette amélioration considérable... la santé... la fréquence des cancers... Ensuite viendront de vastes chambres froides pour conserver la viande et autres denrées périssables dans les pays qui ignorent l'électricité... Le complot ouvrier... Le développement de l'automation...»

— Je regrette ma chérie, mais je n'ai pas eu le temps de lire depuis quatre jours.

Après un moment de silence, il demandait:

— Qu'as-tu fait aujourd'hui?

— Rien, chéri. Des petites choses!

— N'avais-je pas raison de croire que ce nouveau sérum...

Oui, il avait eu raison. Je me fortifiais de son amour de la vie. Je ressuscitais auprès de lui, le soir. Il touchait mon front.

— Et ces maux de tête?

Comme je ne répondais pas, il ajouta aussitôt:

— Il faut savoir la cause de ces maux de tête, dès demain. Cela commence à m'inquiéter. Fais-toi examiner.

Je me souviens de ma silencieuse résistance encore une fois.

— Non, Rodolphe, je t'en prie, attendons. D'ailleurs, je me sens mieux déjà... Je t'assure Rodolphe, tout va bien.

— Demain à quatre heures, disait Rodolphe, allons tu n'es pas une enfant, sois raisonnable.

Les journaux disparurent sous le lit. «Tu ne te connais pas bien, ma petite fille, semblait dire Rodolphe en glissant près de moi sous les draps; je suis le seul capable de te dire comment tu es et ce que tu éprouves...»

— Oui, tu as toujours raison, disait la voix menue de l'Insoumise en moi, oui, Rodolphe, je n'ai qu'à m'abandonner à toi, et tout ira bien... Mais je ne veux pas me donner. Je ne me donnerai pas.

— Tu es amère, dit-il.

— Oui, dis-je, en fermant les yeux.

Et il est vrai que cette nuit-là, il me trouva amère. Le corps de cette fugitive amante ne lui apporta qu'une brève paix. «Quelle longue liaison, pensais-je, lorsque Rodolphe se sépara de mon flanc dur, et elle n'aura jamais de fin.» L'amour, était-ce cette illusion sacrée que l'on désire voir périr avec le soir, douce et belle, dans la sécheresse infinie de notre âme? Car cette nuit-là, mon âme était sèche et âpre comme un désert sans vent. Camille, je pensais à nos nuits pauvres, à ces chambres d'hôtel que nous avions élues pour une heure, ton souvenir nocturne était enfermé en moi pendant que j'embrassais Rodolphe et je n'avais jamais été aussi amère que ce soir-là où l'on me suppliait d'être heureuse loin de toi.

Cette joie rude sera ton trésor, pensais-je, ne la trahis pas. Et lui pensait sans doute: «Combien elle est amère! Combien elle est inachevée!»

— Mais à quoi pensais-tu? demanda-t-il.

— Aux petites choses. J'ai cru entendre tousser les enfants.

Le train traversait la campagne. Le soir était venu. «J'ai un fils au collège» disais-je à Camille. «Mais quand serons-nous enfin seuls?» disait Camille à mon oreille. «Non, non, (j'avais touché ses lèvres) je t'en prie, ne parlons pas, nous serions si égoïstes de parler.» Mais je sentais aussi en moi la grande nécessité du bonheur entre nous, par cette nuit brûlante de juin, et quittant pour quelques jours ma maison, mes devoirs, je voulais bien périr avec Camille, ne fût-ce que pour une heure. Il avait ri:

— Tout cela pour une place fraîche au bord de l'eau...

Rodolphe s'approcha de moi et essuya la sueur qui coulait sur mon front:

— Il ne faut pas avoir honte d'avoir mal à la tête. Un peu d'eau fraîche ferait du bien.

Il se pencha pour baiser mes lèvres, mais sans volupté, cette fois, comme il se penchera sans doute vers moi à l'heure de la mort.

— Tout va bien, merci, dis-je, d'une voix éteinte.

— C'est l'air du soir qui étourdit...
— À quoi pensais-tu?
— Tu veux tout savoir.
— Pour des raisons obscures, on dirait que tu pleures quand tu es avec moi.

Je vis la chambre, au matin, et les vêtements de Camille qu'il avait jetés partout d'une main violente. Quel désordre sous le voile délicat de la passion! Je vis soudain le profil étranger de Camille dans la lumière du jour. Était-ce toi encore? Il s'approcha de moi et m'embrassa violemment sur la bouche. «Non, m'écriai-je, en le repoussant, je t'en prie, laisse-moi libre!»

— Insoumise, dit-il avec douceur, ce soir ou demain je perdrai mon insoumise.

Je le regardais dormir. Je l'accablais de ma tendresse inutile et cruelle. Dans cette chambre, dans ce lit, la pensée qu'un jour la corruption toucherait ce corps que j'avais aimé, la pensée qu'un jour ce regard ne se souviendrait plus me hantait tristement.

— Ouvre la fenêtre, il pleut... Laissons entrer la pluie...

— Je connais un excellent remède qui te fera du bien, dit Rodolphe, en allumant une cigarette dans la nuit.

Je l'écoutais. Paul avait-il retrouvé Anna? Le dominait-elle de son amour ou avait-elle choisi un rôle modeste et tendre?

> *Mon ami, venez vite. J'ai une nouvelle à vous apprendre. Je crains d'être gravement malade. Mais ne manquez pas de cours pour moi. Je t'en prie, sois sage.*
>
> *Anna*

Pourquoi Paul tardait-il à venir au secours d'Anna? Elle existait donc puisqu'elle souffrait, subissait comme moi de légères infortunes capables de troubler l'ordre de sa vie, de tarir soudain la source de l'espoir?

Sous quelque aspect de ma passion inquiète, je déguisais ma charité en révolte, je me croyais généreux quand je n'étais qu'égoïstement tourmenté. Anna malade évoquait tout de suite pour moi Anna disparue, de l'anémie mineure dont elle souffrait, je passais à l'anémie fatale qui l'emporterait... Je créais ainsi des menaces, j'ouvrais des abîmes, je tuais l'amour...

«Eh bien, dis-je, cette comparaison est fausse, aussi bien comparer Kafka et Dickens...» «Les livres, me dit Anna sur un ton de reproche, toujours vous nous servez vos lectures de la veille, ne pourriez-vous pas me livrer ce qui est en vous, oui, seulement ce que vous êtes?» «Je n'ai rien à ajouter», dis-je, et je m'enfuis en courant. Ainsi s'acheva cette soirée avec Anna. La vie qui était déjà si absurde avec Anna, que deviendrait-elle sans Anna?»

Mais pendant ce temps, pensais-je, Paul traverse la ville en courant, ou bien qui sait, peut-être est-il en train de boire avec ses amis? «Il faut le surveiller, disait Rodolphe, ce garçon manque de discipline. Il va encore rater son examen à l'automne.»

La plainte funèbre montait toujours au bord de l'eau et la religieuse ne me parlait plus que par signes. Elle me reprochait quelque chose, mais je ne pouvais pas comprendre ce qu'elle voulait dire. Je crois que j'étais surtout préoccupé par la crainte de tomber soudain endormi comme un homme ivre. (Rêve I.)

Elle observa sans doute mes efforts pendant toute cette lutte contre le sommeil, car elle renonça soudain à me parler et s'éloigna vers d'autres ombres noires qui l'attendaient sous les arbres. Les religieuses entouraient l'enfant mort, sans le protéger toutefois contre les corbeaux...

— Qui est cet enfant? demandai-je.

— Vous ne le reconnaissez donc pas, dit une voix...

Rêve II — jeudi:

Peu à peu les religieuses levèrent vers le ciel leur tête rigide, redressèrent leurs épaules lourdes et parurent contempler le ciel aveugle, les nuages immobiles. Je sentis soudain que je tremblais de froid. Je m'étonnais aussi de ne pas rencontrer mes camarades de faculté. Mais ils étaient déjà dans leurs salles d'études. Je passais devant les églises ouvertes, désertées, on avait interrompu les funérailles et seules les statues nocturnes tournaient vers moi leur visage bouleversé. Je me souvenais d'odeurs précises, le parfum de l'encre me rendait triste, soudain. J'avais une terrible nostal-

gie de la médaille que Frédérik avait obtenue à ma place, au Gymnase, je passais devant les églises ouvertes, les églises abandonnées...

— Il ne t'a pas accompagné à la messe, dimanche dernier, dit Rodolphe sévèrement.

Je protestai doucement: «Mais oui, il est venu avec moi à la messe de sept heures... Tu sais comme il aime se lever tôt pour courir le dimanche matin...»

— Je n'ai pas entendu son pas dans l'escalier, dit Rodolphe. Serais-tu capable de mentir?

Il était vain d'expliquer que je mentais depuis toujours, Rodolphe préférait l'ignorer. Je dis: «Bonne nuit, mon chéri...» Et je lui tournai le dos. J'entendis sonner les deux coups de l'horloge, tout près de notre chambre. Paul ne devait pas rentrer ce soir-là.

Deuxième partie

Lorsque Madeleine me téléphona, à mon bureau à l'hôpital, pour m'apprendre la mort de Paul, c'était un beau matin d'automne. Les feuilles commençaient à peine à rougir dans les arbres et, de ma fenêtre au douzième étage, j'apercevais les enfants qui marchaient vers l'école... Je me souviens de la cour presque déserte et d'une ambulance vide qui semblait attendre un blessé, devant la porte. Une certaine fragilité dans la voix de ma femme, une émotion étrangère dans ses paroles m'avaient irrité soudain, comme si pendant ces minutes trop ordinaires où elle m'annonçait que notre fils avait été victime d'un accident en montagne, j'avais découvert égoïstement que cette voix me déplaisait, m'avait toujours déplu, et que je n'aimais plus Madeleine.

Je me taisais. Madeleine recouvrait mon silence de sanglots brefs et passionnés. Son désespoir m'accablait dans la mesure où je ne pouvais pas le partager. J'avais envie de raccrocher l'appareil, de passer à autre chose. Pour moi, c'était un jour comme les autres puisque le secrétaire rangeait mon courrier sur la table, puisque j'avais des patients dans la salle d'attente. Madeleine se tut à son tour. Son silence me rassura. Je mis mon chapeau et sortis.

* * *

Les jours qui suivirent, tenant la main de Madeleine pendant les funérailles ou méditant seul dans mon bureau, j'eus toujours la même pensée: Paul m'avait désobéi. Je lui avais défendu de faire cette excursion dans le Nord. Il ne m'avait pas écouté. Il y avait longtemps que j'avais observé son refus de toute soumission. J'avais la preuve maintenant qu'il ne m'avait jamais aimé puisqu'il n'avait jamais éprouvé assez de tendresse pour m'obéir.

Cette unique pensée me hantait. Je ne versais pas de larmes. Mon indifférence était sombre et hautaine, les enfants n'osaient pas me regarder pendant les repas. Madeleine semblait avoir beaucoup de chagrin. Je m'éloignais pour la laisser pleurer. La nuit, je m'écartais d'elle. Je ne pouvais pas lui expliquer que moi aussi j'avais mis toutes mes espérances dans l'avenir de Paul et que notre fils les avait volontairement déçues avant de mourir, que, consciemment, Paul avait refusé de suivre mes conseils, ignorant toujours la profonde affection que je mettais à lui parler. Le seul souvenir que je gardais de lui était le mépris à mon égard d'un garçon de vingt ans, sa colère silencieuse, sa froideur. Toutes mes tentatives de communiquer avec lui avaient été vaines. Avant même que je n'ouvre la bouche pour lui parler, il avait condamné mes paroles, il les rejetait déjà.

— Je n'ai pas l'intention de te succéder à l'hôpital, papa. Tes grands malades ne m'intéressent pas. Je veux vivre, tu comprends... Je n'ai que moi, au monde, toi tu as les autres, mais moi je n'ai que moi et c'est cela qui compte...

— Tu te soumettras, lui disais-je, tu te soumettras bien un jour.

— Je n'aurai pas le temps. Je vais mourir trop jeune.

Madeleine écoutait à la porte. Oui, je le sentais. Depuis toujours, Madeleine épiait nos conversations, elle redoutait mon influence pour son fils. C'est elle, pensais-je, qui l'éloigne de moi, elle veut me le prendre.

— Tu devrais avoir honte, Paul, de parler ainsi à ton père, disait-elle, d'une voix douce, en ouvrant la porte, sous prétexte de nous apporter le café, tu deviens de plus en plus arrogant, il me semble...

Mais je savais qu'elle feignait de me respecter. Je la regardais s'asseoir gracieusement près de Paul, lui toucher la tête, je la détestais sans savoir pourquoi. Puis je l'aimais à nouveau car son sourire était calme et beau.

— Le café est bon, chérie, merci.

Mais elle ne voulait pas nous quitter. Elle nous observait tour à tour, de ce regard lent et clair qui m'émeut encore tant, à certains jours, et qui brise toute réserve en moi.

— Cela m'est arrivé à moi aussi de manquer un

examen de physique autrefois... Il ne faut pas perdre courage, mon petit...

Paul sortait victorieux comme il était venu. Je pouvais sentir chaque jour davantage sa victoire qui m'anéantissait.

* * *

Souvent, en caressant le visage de Madeleine, je l'ai appelée l'Insoumise, la rebelle, l'audacieuse, mais un jour en prononçant tendrement ces mots, j'eus une soudaine révélation que quelqu'un d'autre les avait aussi prononcés après moi. Ce fut le commencement d'une longue jalousie qui ne s'est jamais éteinte et qui me consume en secret. Madeleine ne sait rien et je ne trahirai jamais devant elle un sentiment si bas et si futile. D'ailleurs, comme je le lui dis souvent, Madeleine est une femme fidèle, elle ne peut pas me tromper. Elle est trop faible. Elle me résiste imperceptiblement mais d'une manière si délicate que j'en suis surtout touché.

Sa résistance, jusqu'à un certain point, m'a toujours été nécessaire. Ce n'est que lorsque Madeleine se ligue avec son fils contre moi que je ne le supporte pas. Ce visage était là, ce corps était auprès de moi, et pourtant, quelque chose me fuyait. Je ne la reconnaissais plus entièrement. Je la prenais dans mes bras: elle me désertait peu à peu.

Mais comme je le pense encore parfois en surprenant le profil soudain bouleversé de ma femme, sous la lampe, elle ment peut-être, sans le savoir, mais je mens aussi car je suis limité et ne vois toujours qu'un aspect des choses à la fois. Dans notre jardin, Madeleine, avec ce léger frémissement des narines que je connais si bien, s'enivre de toutes les fleurs, offre délicieusement ses sens aux ondes, aux parfums, à la musique des choses; moi je vis lentement, je m'accroche à une nuance, j'oublie toutes les autres. Paul me reprochait violemment de n'être pas sensible. Il ne savait pas combien j'avais de peine de sa propre insensibilité et combien je redoutais de la lui avoir léguée à sa naissance. Des jours ont passé. Il me semble maintenant avoir vécu différemment la scène de la mort de Paul. Madeleine me téléphone. Entendre le son de sa voix me brise. Je ne veux pas de cet événement absurde, un jeune homme part joyeux, un matin, accompagné d'amis rieurs, ils veulent passer la journée en montagne à faire du ski, le train qui les emporte loin de la ville ne contient pas encore le cercueil qui ramènera l'un d'eux... et celui-là est mon fils, on prononce son nom et j'écoute... Vraiment? Cela m'est arrivé à moi? C'est sur le crâne de mon fils que cette blessure s'est ouverte? Je pense, allons, cela aurait pu être évité. Qui sait... si Paul avait attendu une seconde de plus avant de se lancer sur la pente, si ce rayon de soleil ne l'avait pas ébloui au point de lui donner le vertige en descendant... Oui, on pouvait éviter cela, mais on ne peut plus, maintenant. Il est trop tard. Je me rends compte soudain que je n'entendrai jamais plus son pas dans la maison. Il avait un pas fervent. Il... Et je n'ose plus penser.

* * *

Madeleine avait mal à la tête. Ces longues migraines commençaient à m'effrayer. En la conduisant à l'hôpital pour l'examen, je craignais de la perdre. Je ne savais pas alors quelle ironie me ferait perdre celui que, précisément, je croyais garder: Paul. Au retour à la maison, Madeleine fit des cauchemars toute la nuit. Elle m'expliqua plus tard qu'elle avait pénétré «le fragile paysage de son être». Les délicats malaises, éprouvés la veille, se révélaient maintenant dans son sommeil, comme d'irrévocables signes d'une maladie dont elle était soudain atteinte. Le fin nuage qui avait effleuré ses tempes, hier, était cette nuit l'étau de plomb qui emprisonnait sa tête entière, elle respirait avec peine, les battements de son cœur étaient irréguliers et lourds. Émergeant du brouillard, elle dit avoir pensé: «Est-ce possible, Mon Dieu, est-ce possible que je me trouve ici?» Très simplement, je lui donnai une explication de ce rêve.

— Tu crains une tumeur, lui dis-je.
Elle s'offensa:

— Rodolphe, tu crois pouvoir tout expliquer avec des mots, mais tu ne comprends pas, tu ne comprendras jamais.

Elle avait raison.

* * *

Hier, en rentrant de mon travail, j'ai trouvé Madeleine qui lisait le journal de Paul. Après l'avoir sévèrement grondée pour cette curiosité, je suis allé à mon tour dans la chambre de Paul, et ne tombai que sur des feuillets dont le ton puéril est si décevant que je n'ose pas me les rappeler...

> *Avec une chemise blanche, chaussettes bleues. Cravate sombre. Je pense sérieusement à m'acheter ce costume de velours. Ai encore accepté trop facilement les cadeaux de A... etc...*

Voilà à quoi pensait ce jeune homme! Voilà pourquoi il ne voulait pas mourir pour son pays, comme il disait, mais mourir pour lui-même, voilà pourquoi ce corps périssable, qu'il refusait de voir souffrir, lui était si précieux.

— Papa, c'était inutile de me faire travailler très tôt sur une ferme, afin que je connaisse la valeur du travail, je n'ai rien appris. J'ai aimé les paysans. Mais les champs, je ne les aimais pas. La sueur qui coulait de mon corps, je ne l'aimais pas non plus.

J'ai fait le choix d'être veule et je serai vulgairement récompensé.

Je le cherchais encore dans la maison. Je voulais répondre à son audace. «Que se passe-t-il, chéri?» demanda Madeleine qui jouait avec Marc, au pied de l'escalier, sur le tapis, image innocente comme on en voit partout, la mère et l'enfant enlacés, jouant ensemble et riant du même rire cristallin et fou... Je ne sais pas pourquoi, ce jour-là, cette scène me déplut tant.

— Tu as perdu quelque chose?
— Oui, le journal. Je voulais te lire cet article, tu sais... Tu te souviens... C'est d'un grand intérêt scientifique...

Pour la première fois, j'avais beaucoup de chagrin de la mort de Paul.

Cette lettre «A», dans le journal de Paul, ce n'est rien, mais soudain, un dimanche, à la messe, je me suis posé cette question. Qui est cette personne dans la vie de Paul? Je remarquai que Madeleine priait avec ferveur. Je feignis de prier aussi. Nous étions un couple très uni aux yeux des gens. Et cela comptait pour moi. Les petits étaient beaux et bien vêtus. Nul pli de nos difficultés de vivre n'apparaissait. L'honneur de bien paraître, et de paraître heureux, était intact. Mais qui sait si Madeleine, sous sa frêle apparence de bonheur, ne me méprisait pas de lui avoir imposé ce rôle, qui sait si vaguement, à sa façon, elle ne commençait pas à avoir honte de moi? Je m'appuyais trop lourdement sur sa tendresse, j'espérais trop de cette souriante pitié qu'elle donnait à tous, si ouvertement. À genoux, Madeleine se recueillait avant d'aller communier. Je me sentais lâche et fier, mécontent et satisfait, et infiniment triste, aussi. Mais je me rappelais ce que Madeleine et mes confrères avaient dit de moi. Je soignais bien mes malades. Ma seule réussite était de faire mon devoir chaque jour, de vivre plus auprès de mes malades qu'auprès de ma femme et de mes enfants, mais laquelle de ces deux choses était la plus facile pour moi? Une trop longue solitude auprès de Madeleine et des enfants, une confrontation trop répétée m'eussent tari, peut-être. Il était plus simple pour moi d'aimer ceux que mon cœur n'avait pas élus, oui, d'une certaine manière, il était plus facile pour moi d'aimer le fils de mon voisin que le mien. Et l'attitude de Paul en était la preuve. Il avait compris que j'avais eu honte d'aimer.

* * *

Dans mon esprit ne venaient que des noms de camarades de Paul. Les jeunes filles, Sophie, Marthe, Louise, les brèves gamines que j'avais jugées si souvent, ne semblaient pas avoir existé pour Paul, dans son journal. Je voulus demander à Madeleine:

— Mais qui est cette personne?

D'autre part, je ne voulais pas l'apprendre d'elle. Je remarquais d'ailleurs que depuis la mort de Paul, il y avait déjà de cela quelques mois, Marc remplaçait celui-ci pour sa mère. Ils ne se quittaient plus, lui et Madeleine. Si je rentrais tard du bureau, je trouvais Marc dans mon lit, tenant Madeleine par le cou. Toute normale que fût cette amitié, je ne l'aimais pas, je m'y opposais en silence en ramenant à chaque fois Marc dans son lit. Comme j'ai toujours désiré une certaine distance entre nos enfants et nous, il me semblait encore que Madeleine, par les détours subtils qui sont si familiers à son caractère, se dérobait encore à mon autorité.

— Demain, je vais me marier avec maman, disait Marc, en buvant son verre de lait au déjeuner, demain je vais te quitter, papa...

Je le voyais grandir déjà. Il avait conquis le cœur de sa mère. Elle souriait pour lui maintenant.

* * *

— Il avait une amie, crois-tu? Une fiancée?

— Non, je ne crois pas. Mon pauvre Rodolphe, tu as été si dur pour ces petites... Marthe n'était qu'une bonne écolière, après tout... Et Sophie, une petite fille sage...

— Je regrette, dis-je, amèrement.

Je devais admettre que j'avais été trop rigoureux

avec Paul et cela me gênait auprès de Madeleine, calme et triomphante de douceur.

— Mais je ne pensais qu'à son bien, cet examen de physique...

— Paul a toujours été seul, dit Madeleine en quittant la chambre. Tu ne pouvais pas l'aider.

Elle avait refermé la porte sans bruit. Elle aimait me laisser seul avec d'inutiles regrets, des pensées vides. Car je pensais encore à cela. Je n'avais connu de Paul qu'une fausse apparence. Et je ne connaissais encore de lui qu'une image frivole qui tardait à s'effacer dans ma mémoire.

* * *

Mais soudain j'avais la certitude que Paul avait aimé quelqu'un et cela modifiait considérablement ma vision de lui. S'il avait aimé, cela signifiait qu'il était capable de désir, de faiblesse et de courage. Des formes nouvelles s'ajoutaient à l'apparence du jeune homme que j'avais connu. Il embellissait, s'animait avec plus de finesse dans mon esprit. Me rapprochant un peu plus du cœur sous l'écorce de chair, je l'écoutais battre avec curiosité. Mais une ombre me séparait encore de mon fils. Il ne m'avait rien dit de lui-même. Il ne m'avait fait aucune confidence de ses luttes ni de ses amours. Seule Madeleine avait été l'élue de ses secrets. Car, comment douter de la complicité de Madeleine dans la vie de Paul? Elle rougissait lorsque je lui posais une question, elle craignait de se trahir à tout instant. Son orgueil de femme masquait soigneusement les indiscrétions qu'elle avait commises, car je la soupçonnais maintenant d'avoir lu les lettres de Paul, et les inquiétudes que lui causait encore l'intimité de Paul qu'elle avait dévoilée et dont elle gardait pour elle seule la clef mystérieuse. C'est ainsi que plusieurs fois, sous mes yeux, les mensonges se succédèrent. Madeleine défendait son fils. «Il n'a jamais connu aucune femme, tu le sais bien, il était si bête, il ne pensait qu'à s'amuser.» «Il voulait remporter la course au printemps, il ne vivait que pour cela, à cet âge, un garçon pense plus à impressionner ses camarades qu'à séduire une jeune fille», et elle se protégeait elle-même à travers lui.

— Tu as parlé de ses camarades? disais-je.

Madeleine ne sut jamais quel doute étrange elle avait éveillé en moi. Cela me parut évident que Paul qui n'aimait que lui-même ne pût que s'attacher à quelqu'un de son sexe. Madeleine me vit, avec surprise, arracher soudain de ses bras Marc qui venait de se blottir contre sa mère et demandait un baiser.

— Tu es trop affectueuse depuis quelque temps, chérie, tu sais que je n'aime pas ça... Et à Marc qui me regardait, déconcerté: «Pourquoi ne pas jouer avec tes fusées?»

— Pauvre petit lapin, dit Madeleine, d'un ton sentimental qui m'agaça, tu le grondes toujours.

Je désapprouvais la façon dont ma femme qualifiait les enfants: «Mon lapin, ma souris, mon poussin..., etc...», tous ces mots affectés me rendaient maussade.

— Tu ne sais pas rire un peu de toi-même, disait Madeleine, comme tu te prends au sérieux!

> *Courir devant un miroir, après tout, c'est une idée, pourquoi pas? Cela amuserait les copains...*
>
> *Ai pu gagner un peu d'argent en transportant des caisses sur les quais. Épuisant, après les cours. Mais mon père est avare et ne me donnerait pas un sou. «Pas un timbre gratuit», comme il dit. Je déteste le travail.*

Et il m'avait détesté aussi. Je comprends un peu pourquoi.

* * *

Je me souviens des petites choses. Paul nous avait quittés souvent pendant l'année scolaire. Il avait fait de fréquentes disparitions à la campagne avec ses amis. Je le lui permettais parfois, dans la mesure où il me disait avoir besoin de s'éloigner de la maison pour préparer ses examens. J'avais d'autant plus confiance en lui que ses camarades venaient le chercher chez nous. André, Antoine ou un jeune homme quelconque attendait au salon. Le dimanche, j'interrompais souvent ma correspondance, toujours en retard, que je faisais en surveillant les petits pendant la sieste de Madeleine, pour venir dire un mot aux amis de Paul. L'intérêt feint, je l'avoue, que je lui manifestais à travers ses camarades ne semblait pas même le toucher. Il fronçait les sourcils comme d'habitude. Il me regardait à peine.

— Papa, je m'excuse, nous devons partir. Nous sommes en retard.

Devant ses amis, j'avais la mauvaise habitude de lui défendre de fumer ou de boire. Il rougissait, un peu comme sa mère.

— Je ne suis plus un petit garçon, papa...

Il était assez gentil, à ces moments-là, car il semblait excuser ma gaucherie. Je lui disais au revoir en lui touchant l'épaule. Il se retirait aussitôt.

— Qui étaient ces jeunes gens?
— De qui parles-tu? demanda Madeleine.
— Tu sais, ces camarades qui venaient...
— Je ne me souviens pas.
— Le fils d'un avocat, puis celui d'un médecin, tu sais bien...
— Vraiment, je ne me souviens plus.

Une autre petite chose parmi ces milliers de détails qui composent l'existence quotidienne: ce n'est pas ironiquement que Paul parlait de courir devant un miroir, je l'ai surpris plusieurs fois en train d'observer le reflet de son visage dans la glace. C'est peut-être un geste commun à beaucoup de jeunes gens, mais chez lui cela semblait conscient, il cherchait quelque chose au fond de lui-même. Malheureusement, je n'ai qu'une image brumeuse des amis de Paul. Il me semble que cet André ou cet Antoine avaient le même souci de leur élégance que Paul, mais moins de beauté dans le maintien. Si Paul n'avait que de nonchalantes aspirations comme en témoigne ce qu'il a écrit, il semblait, tout au moins extérieurement, par ce mouvement gracieux et droit des épaules, la ligne ferme de son dos, un jeune homme bien discipliné, enclin à la propreté morale que nous attendions de lui, sa mère et moi. Il m'arrive aussi de penser que cet aspect de lui, dont je me souviens, faisait plus partie de mon idéal de Paul que de Paul lui-même, mais comment le changer aujourd'hui quand cette image-là de Paul a toujours été si rassurante pour moi?

— C'est après sa mort que quelqu'un commence à changer, dit Madeleine.

Mais comme je voudrais ajouter: «Laissez-moi celui que j'ai connu. Ne cherchez pas qui il était en dedans, au-dessous.»

* * *

J'ouvrais la porte de la salle de bain. Chaque pièce de la maison me semblait envahie par des étrangers.

Au-delà des choses ordinaires, je ne voyais plus que terreur, doute, angoisse. Madeleine baignait les enfants. Au temps où ils étaient encore très petits, elle se baignait avec eux, ce dont je l'accusais encore, après plusieurs années, lui disant qu'elle n'avait aucun souci de les bien discipliner, etc... Elle répondait avec lassitude: «Comme tu m'ennuies parfois!» Je me sentais de trop auprès d'elle et elle ressentait peut-être la même chose auprès de moi. Qu'il en fût ainsi ou non, aussi éloignés l'un de l'autre que nous le fussions, nous avons fait ce que font beaucoup de gens en de telles circonstances, la peur stimulant le désir, mais quel singulier désir, nous en avions un peu honte tous les deux, nous avons brûlé le temps dans les bras l'un de l'autre. Négligeant de répondre au téléphone, la nuit, j'avais l'impression que mes malades allaient mourir à cause de moi, à l'hôpital. Responsable des suicides, des meurtres qu'accomplissent des êtres loin de moi, coupable d'avoir perdu mon fils, agité par d'intenses remords, mais les repoussant tous dans mes rêves, les uns après les autres, je survivais bien, trop bien, puisque je faisais l'amour. Nous étions en vacances, disait Madeleine. Cette expression de notre oisiveté nocturne me faisait mal. N'ayant pas osé prendre de réelles vacances depuis plusieurs années parce que j'avais une trop grande préoccupation de mon travail, une affreuse obsession du devoir, comme disait mon fils, ces vacances allégoriques me convenaient mal. Les liens ayant toujours été discrets et contenus entre ma femme et moi, pendant notre jeunesse, c'était étrange de briser certains seuils, soudain, à quarante ans, et tour à tour, Madeleine et moi, nous étions étonnés de nous-mêmes, de l'abandon de nos corps l'un à l'autre... J'avais toujours défendu à Madeleine les livres licencieux, maintenant je les lisais avec elle, je reconçais aux livres scientifiques, les journaux intacts s'accumulaient dans la chambre, le soir... Je l'accompagnais au cinéma et ne lui interdisais plus aucun film, comme je l'avais fait autrefois. Madeleine s'épanouissait, s'attristait, riait beaucop, pleurait aussi. Pendant ces quelques jours tout fut prétexte à l'amour, les films, les livres, les inspirations monotones de la vie de tous les jours. Il suffisait de peu de choses pour nous émouvoir. J'avais toujours été indifférent aux scènes souvent grossières de l'amour au cinéma; aujourd'hui deux visages qui se rapprochaient sur un écran, deux corps qui se cherchaient me donnaient l'espoir de n'être plus jamais seul enfermé dans mon propre corps. Madeleine touchait ma main. Je comprenais.

Pendant ce temps, Paul se décomposait sous la terre. Je ne pensais pas encore à cela. Je trompais bien Paul avec Madeleine et elle le trompait bien avec moi, elle aussi. Il y avait des moments heureux. C'est cela qui me faisait honte, un certain bonheur qui était le bonheur insouciant de la jeunesse ou d'une époque semblable à la jeunesse. Je prenais Madeleine dans mes bras, nous dansions avec les enfants dans la cuisine. Eux aussi se réjouissaient avec nous. Marc oublia sa mère pour s'éprendre de moi pendant une semaine. François en profita pour se faire adopter par Madeleine, enfin. C'était une ronde parfaite et joyeuse, mais il y avait toujours cette honte secrète, cette culpabilité d'être heureux. Comme tout le monde, coupables ou non, nous l'avons bien surmontée, nous avons oublié le grand obstacle, à l'heure du plaisir.

—Non, pas maintenant Rodolphe, ce soir... demain... si tu veux. Les petits vont rentrer. Ils nous chercheront partout.

Et pourtant, c'est elle qui me précédait dans l'escalier en m'entraînant par la main. Quelques minutes plus tard nous allions feindre l'immobilité et le silence en entendant la voix craintive de Marc: «Maman, tu es là? Papa, tu es ici?» Silence, silence. Et enfin dans les larmes: «Maman, papa, François, maman et papa sont partis, ils nous ont abandonnés.»

* * *

Ensuite ce fut la sécheresse. Le travail. Fumant d'interminables cigarettes, regardant tomber la neige de ma fenêtre, je pensai à nouveau à lui. Mon doute n'avait fait que croître pendant ces jours, ces semaines. J'avais maintenant de Madeleine une connaissance plus profonde, la sachant capable de jouir avec moi, je la sentais aussi capable de souffrir avec moi, je partageais plus de choses avec elle, et elle avec moi, mais de son fils, je n'avais toujours qu'une connaissance troublée. Les nombreux livres que j'avais lus en peu de jours, la quantité de films que j'avais absorbés avec Madeleine pour la distraire avaient peut-être surexcité mon imagination, tendu mes nerfs. Ne voyant aucune trace des personnes que Paul avait aimées, je devais les inventer, à partir de quelque signe, quelque suggestion de Paul... Je me rappelai une belle journée d'été où Paul avait gagné une course. Il avait quatorze ans. Il était déjà grand et fort comme un homme, mais sa taille élancée était comme celle d'une jeune fille. Frédérik, je crois, était le prénom d'un jeune homme qui avait rivalisé de très près dans cette course avec Paul. L'extrême agilité de Paul avait triomphé des muscles de Frédérik, et celui-ci semblait céder à regret sa médaille de premier coureur. Madeleine et moi étions fiers de notre fils, contents surtout d'être considérés par les parents des collégiens, et par les professeurs. Madeleine portait un chapeau blanc, une robe blanche, elle se couvrait parfois le front de sa main en disant qu'elle souffrait encore de migraine et que c'était dommage «par un si beau soleil...» Je remarquai sa main fine aux longs doigts et la teinte pâle de son bras me serra le cœur d'inquiétude. Je n'aimais pas ces migraines.

— Ce n'est rien, disait Madeleine.

Et pourtant cela assombrissait toute ma journée.

— Comme il est beau, les autres ne sont pas aussi beaux que lui, je n'aime pas leurs cuisses, Paul a de charmants genoux...

Elle parlait à voix basse mais plusieurs fois je la suppliai de se taire. Bonne et affectueuse, Madeleine poursuivait: «Comme je l'aime ce petit.» Elle dévoilait rarement ses émotions réelles. Je l'en appréciais de le faire ce jour-là.

— Ce Frédérik a plus de caractère, et puis, il

court comme un jeune dieu, ajoutais-je par fausse modestie.

Il est possible que ce Frédérik soit Antoine ou André, je peux confondre les noms. Enfin, une déception solennelle voila le visage du coureur lorsqu'il remit la médaille à Paul. Il me sembla soudain que la sombre expression de Frédérik suffit à éteindre toute joie dans le cœur de Paul. Oubliant sa victoire, un instant, je vis qu'il ressentait davantage la peine de son ami que sa propre gloire. Ce jour-là, je vis cette scène de si loin, de si haut, comme d'une falaise on observe le glissement rapide d'un oiseau sur la mer argentée, que je n'y pensai même pas. Ce n'est que plus tard que je découvris combien cette scène m'avait troublé à mon insu. Je revis Paul et Frédérik s'éloigner ensemble après la course, sans se soucier de nous. Paul, qui avait toujours été d'une froideur remarquable envers nous, fuyant la timide caresse de sa mère, s'éloignant à mon approche, tenant affectueusement le bras de Frédérik, d'une manière si naturelle que je ne le remarquai pas d'abord. Plus tard, je les entendis rire ensemble sous la douche. Je devais les revoir souvent ensemble et m'interroger plus tard sur leur amitié. Madeleine, toutefois, semblait avoir complètement oublié ce jour-là.

Silencieusement, Frédérik emporta les livres de Paul. Madeleine vidait la chambre. Frédérik se taisait devant la bibliothèque de Paul. Je parlais trop, je voulais dire quelque chose. Encore une fois, le silence m'accablait:

— Il aimait beaucoup Verlaine, vous l'aimez aussi?

Comme le jeune homme ne répondait pas, Madeleine poursuivit avec maladresse:

— Il connaissait par cœur une partie de l'œuvre de Rimbaud. *Les Illuminations*, je crois. Je ne suis pas sûre maintenant. Mais il me semble... Est-ce que vous aimez Rimbaud?

Comme si chacune de ces questions eût signifié pour cet étrange garçon un don absolu de lui-même, ou quelque trahison de Paul, qui sait, ce qui se passait en lui me parut si obscur, il tardait à répondre et une rougeur enfantine colorait ses joues.

— Il finissait sa thèse, il était sur le point de la finir, proféra-t-il, enfin. Son auteur préféré était surtout Kafka. Pour Verlaine, il n'éprouvait qu'une grande admiration. Kafka, c'était autre chose...

Ses livres sous le bras, — «prenez cela aussi, disait Madeleine, offrant au jeune homme des patins, une raquette de tennis... prenez tout ce que vous voudrez, n'étiez-vous pas son meilleur ami?» — Frédérik marchait lentement vers la porte. «Vous reviendrez, n'est-ce pas? demanda Madeleine, vous nous parlerez encore de lui? Nous le connaissons si peu...»

— Il avait beaucoup changé à la fin, dit Frédérik avec humilité, oui, les derniers mois, il n'était plus le même...

Oh! les Balzac, il faut emporter les Balzac... Et ouvrant la garde-robe de Paul: «Mais d'où vient ce costume de tweed? Où l'a-t-il acheté? C'est la première fois que je le vois ici...»

Frédérik avait parlé du changement intellectuel de Paul avec une telle amertume que j'en fus frappé. C'était là le ton d'un amant trompé qui dit en parlant de celle qu'il aime: «Comme elle devient autre depuis quelque temps.»

— Il faut que je prépare le dîner, dit Madeleine, lorsque le jeune homme eut quitté la maison, c'est dommage, c'est bien dommage, ce garçon a l'air si sérieux et si grave pour son âge...

— N'oublie pas que nous avons des amis à dîner, ce soir, dis-je à ma femme, sur un ton qui sembla l'irriter, le professeur Robert, mon ami Camille...

— Camille? demanda Madeleine feignant la surprise, car il n'y avait rien d'étonnant à ce que j'invite Camille à son retour d'Afrique.

— Mais oui, je l'ai rencontré à l'hôpital, la semaine dernière. Il est de retour. En parfaite santé. Marié. Imagine-toi, lui qui aimait tant sa solitude. Il a deux... trois enfants, je crois.

— Les truites seront délicieuses pour ce soir, dit Madeleine qui pense toujours aux choses pratiques lorsque je lui donne des nouvelles de nos amis.

Doutant des inclinations morales de mon fils, il me devint presque normal de douter de ceux que je rencontrais chaque jour, dans mon travail, et que je considérais comme mes plus fidèles amis. Oui, c'était une chose absurde que de se mettre à douter soudain des intentions du professeur Robert, qui a toujours été d'une réserve parfaite avec Madeleine. Quant à Camille, je n'osais pas y penser. D'ailleurs, son récent mariage me rassurait. La mort de Paul fut à peine mentionnée dans la conversation, ce soir-là, et cela me parut préférable ainsi, car parler de lui m'eût paru de mauvais goût...

— Je viens de lire quelque part que Joyce espérait se mesurer à Dante et que...

— Oui, ils se rencontrèrent. (Madeleine, oui, c'était bien elle qui parlait en allumant les chandeliers.) Proust et Joyce, j'ai lu ça quelque part aussi, je souffrais d'insomnie, je lisais d'énormes biographies, c'est comme ça que j'ai appris qu'ils se rencontrèrent. Non vous pourriez penser cela, mais pas du tout, leurs âmes ne se sont pas fondues l'une dans l'autre comme vous pourriez le penser, ils parlèrent de la pluie et du soleil, oui, tout simplement, comme tout le monde. Ils étaient tous les deux de mauvaise humeur...

Je pensais «Comme ma femme peut dire des choses idiotes pour s'amuser...» et soudain j'entendis un frémissement léger dans sa voix, comme si elle avait été sur le point d'éclater en sanglots. Elle se tut, écouta Camille, ses yeux brillaient. Elle me sembla vulnérable et fragile. Je la désirai avec force pendant quelques minutes.

— On disait, reprit Camille de sa belle voix, que pendant des mois, des années, rien ne poussait dans la ville, ni au printemps, ni en été, il n'y avait plus de saison, pourtant en un jour que l'on croyait être un jour d'hiver, un jour de cendres, un jour gris comme la mort, un homme ordinaire, tout à fait ordinaire aperçut, de son bureau, un pommier en fleurs...

— Si seulement cela était vrai, dit Madeleine, doucement.

— Mais je vous assure, cela est tout à fait vrai, dit Camille sans regarder ma femme, il faut prier que cela n'arrive jamais plus...

— Saviez-vous, trancha le professeur Robert, (je remarquai pour la première fois qu'il avait une énorme tête, comme le lui avait impoliment dit mon fils Marc, un jour: «tu as la plus grosse tête du monde...») qu'aujourd'hui nous sommes immortels? Oui, parfaitement immortels. La science offre la possibilité d'une seconde vie, d'une troisième vie. («Quel manque de tact» semblait penser Madeleine, l'air offensé...) Le mort d'aujourd'hui est le patient de demain. Quel espoir, l'éternelle jeunesse, comme on dit, la congélation, on peut même faire ça à domicile, c'est très simple... Il y a une recette, oui, comme pour la cuisine... Mais attention, soyez patients, ne mourez pas trop vite...

Je revoyais Frédérik, caressant de la main les rayons de la bibliothèque. Il me sembla soudain qu'il était le seul visage sur lequel la mort de Paul avait jeté l'ombre du désespoir. Lui seul avait été atteint dans son espérance, sa vie. Nous tous, les enfants, ma femme et moi, nous avions encore des dîners avec le professeur Robert. Nous étions encore disponibles pour l'amusement, la distraction. Pour Frédérik, je l'avais compris, il en était bien autrement. Il avait perdu le goût de vivre.

— De la salade, Rodolphe, demanda ma femme.

J'ouvris les yeux. J'écoutai des voix. Je pensais à autre chose. Je pensais à cette maladie sans nom. «On l'appelle le désastre X parce qu'on ne sait pas comment la qualifier», disaient mes confrères. C'était une maladie étrange et rare. Dans une famille que j'avais connue, tous les enfants en étaient morts les uns après les autres. Cela avait commencé par une légère anémie. («Ce sont les nerfs et le foie, avait dit le professeur Robert, sans savoir de qui il s'agissait, sans connaître le mal de cette région obscure, puis une paralysie mystérieuse de la main droite, et de la main gauche, un certain voûtement du dos.») En quelques semaines ces enfants sont devenus des vieillards, secs et rabougris, les fils sont morts les premiers puis la jeune fille cadette. Elle n'avait pas seize ans, elle espérait entrer à l'Université à l'automne, elle ne pouvait pas croire que cette maladie lui arrivait à elle. Je les ai regardés disparaître les uns après les autres. Je n'y pouvais rien.

— Oui, c'est vrai, professeur, dit Camille, soudain, il m'a fallu partir. Je faisais une dépression nerveuse.

— Mais tout va bien pour vous, maintenant, dit le professeur Robert, cyniquement, on dit que vous avez de beaux enfants, une femme charmante...

— Oui, tout va bien, dit Camille, tristement. Je suis très heureux.

Voilà. Je savais tout. Si Madeleine avait une clef de l'âme de Paul, j'avais l'autre. Je mesurais le passé de Paul. Elle en oubliait les nuances. Elle ne pouvait pas savoir, n'étant pas homme, que Paul avait aimé Frédérik. J'avais été la seule personne capable d'éprouver ces choses.

* * *

Non, je me trompais. Oui je pouvais être dans l'erreur. Le lendemain de ce jour, parcourant par hasard un volume de Kafka que Frédérik avait négligé de prendre dans la bibliothèque de Paul, je devais lire accidentellement un billet qui glissa entre les pages: «Chéri, pourquoi cette cruauté inutile, je sais tout, je sais que tu ne peux pas m'aimer...» qui, malgré moi, excita ma curiosité. Le billet n'étant pas signé, il me vint à l'esprit que cette écriture, grâce à Dieu, était bien l'écriture d'une femme, et d'une femme raffinée, subtile et que j'avais eu tort de me tourmenter. Je partis pour mon travail, rempli d'un nouveau sentiment de délivrance. La vie de mon fils scintillait de naturel et de propreté soudain, je me sentais rafraîchi moi-même par ces pensées. Toutefois,

Madeleine qui se plaignait encore de maux de tête et qui négligeait les enfants pour faire la sieste à toute heure du jour, en recouvrant sa tête brûlante de serviettes humides, me demandait de ne plus inviter d'amis car elle se sentait trop lasse pour les recevoir.

— Mais la vie continue, lui disais-je, la vie doit continuer.

— Je voudrais dormir jusqu'au prochain printemps, disait Madeleine, la tête lourdement appuyée contre son bras droit. Je devais délaisser l'hôpital pour m'occuper des enfants. Madeleine était là, dans sa chambre, mais une atmosphère funèbre m'entourait, je parlais à voix basse avec les petits, je marchais silencieusement, il me fallait beaucoup de courage pour laisser Madeleine à sa cure de repos, car à nouveau, dans ce silence, la moindre inquiétude, le mondre regret avait une répercussion sonore.

J'invitai Frédérik à la maison, sous prétexte de lui remettre des disques qu'il avait prêtés à Paul. Il refusa. Je renouvelai l'invitation plusieurs fois, il n'accepta que lorsque je manifestai à son égard une certaine indifférence. Enfin, il vint un dimanche après-midi où la grêle fouettait les vitres, je me souviens. «Quel vent, lui dis-je, en ouvrant la porte, et vous êtes trempé, mon pauvre garçon, venez vite vous asseoir près du feu.»

— Je ne vais pas rester, dit le jeune homme, quelques minutes seulement.

Mais voyant que Madeleine ne serait pas avec nous, il se résigna à me suivre. François était couché dans la chambre de sa mère. Marc jouait avec des blocs sur le tapis, il nous observait à la dérobée, sous ses mèches trop longues et une vive lueur dans son regard me faisait comprendre que discrètement, à sa manière, construisant des ponts, les réduisant à rien sous sa main guerrière, il avait l'espoir et la farouche détermination de gagner l'estime de Frédérik qui ne semblait même pas le voir.

— Je m'excuse... c'est un peu en désordre... Ma femme ne se sent pas bien aujourd'hui... Vous voudriez du thé? Vous fumez?

À chacune de mes questions, il répondait poliment: «Non merci», comme un petit garçon. Reniflant sans raison, bâillant comme la lune, Marc se rapprochait de plus en plus de sa conquête, en se traînant sur son tapis.

— Non, je ne cours plus maintenant. J'ai abandonné les sports.

Il était de plus en plus compliqué pour moi de savoir qui était ce garçon, comment il vivait, quelles étaient ses activités, ses ardeurs: je ne pouvais pas franchir son apparence d'obstination et de douleur. Je me rappelle qu'il avait un regard fiévreux et bon, mais aussi qu'il détournait souvent les yeux, baissait la tête comme si quelque chose en moi lui eût fait peur. Cela me froissait car je voulais le connaître mieux et apprendre de lui comment avait vécu Paul, quels livres il avait lus, quelles œuvres d'art il avait aimées. À partir de ces quelques silhouettes j'espérais le faire revivre pour Madeleine et pour moi, sauver son image de l'oubli. Frédérik était très mince, je remarquai la délicatesse de ses poignets et de ses mains. Il était blond, d'une blondeur cendrée, il me sembla qu'il avait les yeux noirs, noirs ou d'un brun sombre, je ne pouvais pas préciser car il ne m'en laissait pas le temps avec ses façons timides de baisser les yeux. Marc devait me faire la remarque plus tard que Frédérik avait les «yeux les plus bleus» du monde, ce qui compte bien peu au fond... Il était si discret de sa personne et d'une dignité si muette qu'à la fin on commençait à s'ennuyer en sa présence. Personnellement, j'étais très impatient de le quitter, tout en désirant le garder auprès de moi.

— Oui, c'est un simple malentendu, disait Frédérik, mais cela vous laisse ému, déconcerté, (je ne sais plus de quoi nous parlions) et transi de froid. Un beau livre... oui...

Afin d'aider le pauvre Frédérik à parler plus librement et avec la chaleur que je sentais en lui contenue, je coupais la conversation de remarques lointaines, je n'osais pas montrer que je l'écoutais vraiment car il eût été terrifié du sens symbolique que j'accordais à chacune de ses paroles.

— Oui, il a créé un style, comme on dit... Mais ses personnages n'en évoquent pas moins l'art de l'Égypte, des Étrusques... Ce n'est pas un style de vie, mais un style de survie...

J'étais si peu sincère dans mon monologue, tirant des revues, des journaux, de mille sources impures, des mots, des sons, pour remplir le silence. J'étais victime du monde extérieur. Frédérik était victime de ses luttes intérieures, mais je trouvais plus de courage dans sa façon de voir le monde, du dedans, que moi, du dehors.

— Mais cela n'a aucune importance, termina-t-il en se levant. Marc était debout près de lui, fier et souriant (Frédérik avait à peine jeté sur lui un regard distrait), il avait la certitude que Frédérik s'intéressait à sa frêle personne, et il avait l'air de me dire sous le nuage de ses cheveux: «Eh bien, papa, regarde-moi bien, c'est moi le centre de l'univers.»

* * *

Ce n'est qu'après le départ de Frédérik (je pus le convaincre de revenir) que, découvrant sur l'enveloppe de l'un de ses disques (*Le Requiem* de Verdi) son nom écrit à la main, la torture entra à nouveau en moi. Il avait écrit ce billet. Je me mis à comparer ces écritures sous la lampe. Elles étaient parfaitement identiques. Mais à juger sur des détails aussi mesquins, je pouvais commettre une injustice à l'égard de Frédérik. C'était peut-être par pur hasard que cette écriture ressemblait à l'autre. Je décidai de jeter le billet au feu et de ne plus penser à cet incident. J'avais déjà trop à faire à l'hôpital, à la maison, auprès de Madeleine et des enfants qui avaient attrapé la rougeole par surcroît. Je devais aussi écrire de nombreuses lettres, régler les comptes en retard. Je n'invitai pas Frédérik à venir le dimanche suivant. Madeleine était atteinte de vomissements et je ne voulais pas quitter la chambre. Plus calme depuis quelques jours, elle semblait ne plus penser à ce dîner malheureux avec nos amis Robert et Camille, malheureux, disait-elle, mais je ne savais pas pourquoi: en apparence, cela avait été un dîner réussi. Elle se laissait soigner avec gentillesse. Peut-être parce que la maladie du corps appelle la compassion de l'âme, nous eûmes encore une intimité heureuse, interrompue par les cris des enfants, le téléphone et mes brusques départs. Cette fois, j'osai poser quelques questions au sujet de Paul.

— Si tu me parlais de lui, peut-être cela me rapprocherait-il de toi...

Madeleine hésitait. Je ne comprenais pas.
— Mais enfin, chérie, n'est-il pas ton fils?
— Oui, il l'était autrefois, dit-elle.

* * *

Je faisais le procès de Paul. Il était tour à tour coupable et innocent. Puisque Frédérik avait écrit sur le billet: «Tu es incapable de m'aimer», cela pouvait être une passion unique à laquelle Paul, par principes et parce que cela n'était pas dans sa nature d'aimer Frédérik, avait refusé de répondre. J'avais un moment de paix. Je respirais plus calmement. Mais aussitôt, Madeleine, par son agressivité et son mystère, réveillait mes doutes. Si elle protégeait ainsi son fils c'est qu'elle se sentait le devoir de me cacher quelque chose de honteux, pensais-je. D'autre part, Frédérik avait l'air d'un ange torturé et je ne voyais en lui aucun vice. Sa souffrance elle seule pouvait le trahir, voilà sans doute pourquoi il faisait tant d'efforts pour la déguiser.

Pendant que j'aidais Madeleine à se laver les cheveux, car elle se sentait faible encore et j'eusse voulu la veiller constamment, je me rappelai ma conversation de l'après-midi avec Frédérik, je revis ses mains blanches qu'il élevait au-dessus du feu pour se réchauffer.

— J'ai toujours froid, disait-il, même en été.
— Vous vivez seul.
— Oui.
— Vous travaillez beaucoup, n'est-ce pas? Paul me disait que vous aviez commencé une traduction de *Faust* et que vous écriviez un essai en même temps.

— Oui, *La solitude dans l'œuvre de Proust*... Mais j'ai abandonné, dit-il d'une voix éteinte, puis il ajouta aussitôt, non sans une expression de révolte, presque de colère:

— Il faut faire quelque chose d'utile. J'ai choisi l'armée. Je vais partir dans quelques mois... C'est une excellente idée, vous ne trouvez pas?

Et il se tut. Car Marc le regardait avec surprise.

Oui ce fut une idée folle de me mettre à la recherche de Frédérik afin de faire resurgir le passé de Paul sous mes yeux. Pourtant absorbé par mille tâches, je voulais à tout prix connaître Frédérik davantage. Madeleine ne comprit pas pourquoi je sortis si souvent le soir, feignant d'avoir besoin de marcher à travers la ville.

— Mais il y a une tempête... Où vas-tu?

Je ne le savais pas. Je marchais. La nuit violente et froide apaisait mon sang, je n'étais pas aussi malheureux que je le pensais, après tout. Les rues illuminées m'accueillaient, et certains soirs, la neige tombait fine et belle, dépaysant toute chose autour de moi, jusqu'à ce que je ne sois plus capable de ressentir qu'une épuisante douceur à être là, enveloppé de toutes parts de rues, de maisons, prisonnier de ce bien-être blanc. La mort de Paul avait soudain peu de poids; soulevant ce rideau fragile, je ne voyais plus qu'une nuit claire, si claire me semblait-il, qu'elle en devenait vide, inhabitée. Je ne rencontrais pas Frédérik. Connaissant le lieu où il habitait (un minable grenier dans un quartier pauvre, ce que je n'avais jamais su avant ce jour, car Paul ne nous avait pas dit que son ami était orphelin), je passais souvent devant sa maison mais ne le croisais jamais. J'avais des soucis pour ce garçon. Lorsqu'on m'apprenait le suicide d'un jeune homme à l'hôpital, mon cœur battait à la pensée de Frédérik. Mais toutefois, si j'avais eu la preuve de sa culpabilité, qui sait si je n'eusse pas souhaité pour Frédérik une mort misérable, et plus que cela, ce châtiment intime que réserve une collectivité à celui qui ne lui appartient pas? Je rêvais moi-même de prendre Frédérik en faute, de le punir, c'était peut-être dans ce but que je marchais vers lui. Je formulais des phrases: «Dites-moi la vérité, je suis son père. J'ai le droit de tout savoir.» «Grâce à Dieu, je ne connais rien de ces choses et je n'ai pas assez d'imagination pour descendre dans ces bassesses, mais racontez-moi tout, je l'exige.» J'étais avide de détails, de précisions, et, traversant ainsi la ville, j'incarnais à moi seul ce que je jugeais si monstrueux chez les autres, l'avarice du cœur.

* * *

Je devais voir Frédérik et être puni de mon audace. Après avoir longtemps erré dans les rues, j'étais allé dans un petit cinéma sombre de la ville. Pour rentrer chez moi il me fallut parcourir d'étroites rues noires étouffées entre les maisons et des usines de cire, desquelles émanait encore, par la chaussée brumeuse, une odeur oppressante qui me donnait la nausée... C'est là que je rencontrai Frédérik. Couché dans la neige sale, cachant sa tête entre ses bras, il pleurait doucement.

— J'ai été attaqué par une bande de voyous, dit-il en se redressant aussitôt lorsqu'il m'aperçut près de lui. Excusez-moi, dit-il en essuyant avec son mouchoir le sang qui coulait de sa lèvre blessée. On ne peut plus sortir seul maintenant... La jeunesse est barbare...

Frédérik refusa mon aide. Il dit en feignant de rire:

— Je n'ai pas de chance, c'est la troisième fois que je manque ce film...

— Ce n'est pas très bon, dis-je, stupidement, en me tenant à une certaine distance de Frédérik. C'est un faux film de vacances, avec de fausses catastrophes aériennes, de fausses vedettes... de... vous sentez-vous mieux?

— Très bien, merci.

Mais comme il porta subitement la main au côté droit, j'eus peur un instant et tendis la main pour le soutenir. Il me repoussa encore avec douceur, disant qu'il n'avait besoin de personne. Jamais il ne m'avait paru si vulnérable et j'avais honte d'avoir souhaité voir fondre sur lui un châtiment physique, que Dieu ne lui avait pas épargné. Car en le voyant marcher ainsi contre le mur, blessé, maudit par moi, j'eus une intense pitié de lui soudain, car dans ce Frédérik nocturne et désespéré, je voyais le jeune homme fusillé avant l'heure.

* * *

Les questions de ma femme m'exaspéraient. Elle me trouvait étrange, disait-elle. Elle devenait maternelle pour mieux me comprendre, me trouver, mais elle le devenait quelques jours trop tard et, de cette façon, je n'avais plus besoin d'elle. Elle devait changer pour me rejoindre et cela lui était impossible d'opérer ce changement au moment désiré. Cette absence d'harmonie nous éloignait l'un de l'autre. Profitant de son ardeur maternelle, je lui confiai les enfants à nouveau et elle m'accusa de les oublier, de n'être pas assez attentif à leurs besoins. Un jour, elle dit: «Rodolphe, je voudrais te parler. M'écouteras-tu, c'est une confidence difficile...»

— Pourquoi ne pas attendre à demain? J'ai du travail, je veux être seul.

Ma réplique avait été si sèche que Madeleine ne put que se taire les semaines qui suivirent. Après avoir été si avide des secrets de Madeleine, j'avais perdu le goût de les entendre. Peut-être était-ce une façon de redouter sa franchise. Je préférais encore le mensonge de notre union à un aveu brutal qui l'eût brisée, peut-être. J'avais besoin de réserve, d'une discrétion opaque sur toute chose. Il me paraissait tout à fait évident maintenant que j'avais aimé en Madeleine des apparences diverses mais qu'une certaine profondeur d'elle me serait toujours interdite. Mais ces apparences de ma femme avaient contenu pour moi de la beauté, de la chaleur et la connaissance du plaisir.

J'avais trop exigé d'elle. De tous. La mort de Paul tuait mes illusions, au moins quelques-unes, et peut-être, croyant apercevoir d'un seul coup toute la vérité nue, et beaucoup de néant autour d'elle, je ne voyais toujours qu'une mince surface, mais tout de même c'était une infime partie d'une vérité essentielle.

Je devais me nourrir de cette lumineuse possession et ne rien demander de plus. Hélas! je savais que mes habitudes de penser, d'aimer, de comprendre, changeraient encore très vite, tout le reste de ma vie et qu'à nouveau je viendrais mendier trop tard à Madeleine la confidence qu'elle me refuserait. Mais aujourd'hui, je chérissais mon bonheur égoïste, ma certitude, mon silence...

Je disais «ma vie», «ma femme», mais la menace de la mort, proche ou lointaine, m'inclinait à penser que si Madeleine avait été à moi, cela n'avait duré qu'un instant et qu'elle-même avait repris son don, son amour, et que j'avais repris les miens aussi, d'une manière différente, préférant souvent à elle tout ce qui n'était pas elle, et souvent, aussi, tout ce qui n'était que moi. Je comprends qu'il en était de même pour toute chose en ce monde et j'éprouvais moins de tristesse à penser que je ne possédais rien, sinon de rapides apparences de tout cela que j'avais tant aimé, et que mon corps lui-même, vivant et fébrile aujourd'hui, n'aurait plus souvenir de moi, demain. Ni mon corps ni mes cendres. Et de Paul qu'ai-je connu? Sinon qu'il n'était pas heureux...

Troisième partie

Partir, Paul, mais ne jamais plus te rejoindre!

Oui, j'irai vers la mort, comme toi tu es allé, aussi simplement, mais jamais la mort ne sera aussi belle que la vie que l'on a perdue! Je me demande parfois si tu n'as pas décidé cette fuite soudaine dans des ténèbres qui ne ressembleraient pas aux autres, des ténèbres froides et blanches. Je te vois souvent dans mes rêves exécutant une descente gracieuse et muette vers cet enfer de blancheur et de repos... la neige... Lorsque j'accours vers toi... Il est trop tard, la course est finie!

Mais non, je le déteste. Je me plais à idéaliser son image parce qu'il n'est plus, mais je le hais. Je rêve de le frapper, je vois couler son sang sur la neige. Qu'importe que, dans ma vie journalière, je sois absolument incapable de violence, qu'importe que je sois faible comme un agneau, je l'ai tué plusieurs fois dans mes rêves et de cela je me sens coupable. Mais, Paul... pourquoi?

Oui, je lui demandais pourquoi, et il me répondait:

— Mais parce que j'aime une femme, c'est tout.
— Mais pourquoi l'aimes-tu?

— Mon petit Frédérik, tu es un enfant.
— Oui, pourquoi? Est-ce un être extraordinaire? Que crois-tu trouver en elle?
— Une femme comme tout le monde.

Il n'était pas insolent. Non, ce n'était pas cela tout à fait, mais autre chose. Il était fier, oui, voilà!
— Et ta thèse? Et les cours? Tu ne viens plus aux cours depuis que tu connais cette femme? Et notre projet de traduction? Que fais-tu de tout cela?

Il souriait:
— Mais ce n'est pas la fin du monde!

Sa simplicité, plutôt que de me réjouir, me faisait du mal.

Je lui demandais parfois de me parler d'Anna, mais lorsqu'il le faisait, une jalousie sauvage empoisonnait mon âme.

Il me parlait avec confiance et enthousiasme comme à un frère mais il oubliait que j'étais plus qu'un frère pour lui.

— Tu devrais être heureux pour moi. Nous devrions nous réjouir ensemble, toi et moi, comme je me réjouis que tu sois toujours le premier en tout à l'Université...

Mais n'ajoutait-il pas aussitôt sans me regarder:
— Tu sais bien que je suis parfois jaloux de tes succès...

J'avais encore obtenu une bourse d'étude, cette année-là. J'étais le privilégié de ma classe. Paul était mon ami. Nous partagions nos angoisses et nos joies. Nous avions quinze ans, nous nous disputions le premier prix aux courses, à la natation; Paul excellait dans tous les sports et il était paresseux en classe. Soudain, par une habitude de courir à ses côtés, de nager avec lui, je sentis en lui l'étincelle sensible qui allumerait le feu de son intelligence. Je l'accablai de livres. Il résistait, mais un soir, en sortant du gymnase, il me récita *Les Illuminations* par cœur, et cela m'émut. Je l'accablai plus encore de chefs-d'œuvre. Dans ma petite chambre du collège, nous avons lu ensemble tout Balzac; il renonça à fumer pour me faire plaisir.

J'étais debout devant son père, muet, terrifié par les mots comme d'habitude. (J'ai souvent essayé de faire comprendre à Paul que je n'avais pas le don de m'exprimer comme les autres, mais en vain, il disait toujours: «Je vais te convertir à la parole.») Je rêvais de pouvoir dire à cet homme: «Vous ne le connaissez pas, il n'était pas votre fils, il est le mien. C'est moi qui l'ai fait, jour après jour.» Et je savais pourtant le caractère dérisoire de mes pensées.

— Parfois, je pense, mon vieux, que tu devrais entrer au Séminaire, oui, il me semble que tu manques ta vocation...

Il se moquait beaucoup de moi, en ce temps-là. Quelques années passèrent. Je quittai le collège pour l'Université. Notre amitié continuait. Paul était si proche de moi que je pensais rarement à lui.

Plus tard, il ne mit aucune entrave à mes sentiments. Lorsque je lui fis l'aveu de ma passion (nous étions tous les deux épuisés après un jour en montagne, et Paul avait sommeil pendant que je lui faisais la lecture), il m'écouta attentivement (mais il ne put s'empêcher de bâiller malgré lui à cause de notre journée et de l'air froid que nous avions respiré), puis il me dit en fronçant les sourcils:

— Mais je savais tout cela mon petit Frédérik.
— Et alors que décides-tu?
— Pardon (il bâillait). Oui, c'est compliqué. Laisse-moi réfléchir.

Après un moment de silence, il dit, non sans modestie:

— Vois-tu, je crois que je n'en suis pas digne.
— Je ne parlais pas de cela, dis-je sèchement.
— Bien sûr, je sais, mon vieux, mais je crois que je ne suis pas encore prêt pour être aimé. (Quelques jours plus tard, il devait s'éprendre d'Anna et se donner à elle, mais à ce moment-là, il était délicieusement sincère et je le croyais de tout mon être).
— Tu veux dire que tu as peur du désir?
— Je n'en ai pas peur pour aujourd'hui, mais pour demain.
— Pour qui donc te réserves-tu alors?
— Pour le moment, je me garde.

Mais comme je baissais la tête, il me toucha la main :

— N'aie pas peur, mon petit Frédérik, je suis là. Essaie de comprendre.

— Je comprends, dis-je.

— Oui, mais tu es triste.

— C'est comme ça.

Je crois que c'est précisément à cette minute-là que nous avons coupé la conversation pour parler du froid de l'hiver, et enfin de nos lectures.

— Son imagination est assez riche, assez systématique, ne trouves-tu pas, il est si sensible qu'il en est contagieux. (Il s'agissait de Poe.)

— Je dors debout, dit Paul.

— De tout façon, Paul, c'est mieux ainsi, car n'ayant jamais connu ni femme ni homme, je craindrais d'être maladroit avec toi.

— Bonne nuit, dit Paul.

* * *

Au matin, je me levai tôt, me vêtis sans bruits et quittai le chalet des skieurs pour faire une longue promenade dans les bois. L'aube achevait. Le soleil était encore rouge dans le ciel avec de minces fils gris qui le traversaient. La neige pénétrait mes bottes mais c'était étrange comme, ce matin-là, je n'avais pas froid. Appuyé contre un arbre, je lus quelques pages de Victor Hugo, comme je le faisais chaque matin. Puis craignant tout à coup d'avoir troublé Paul, la veille, je revins vite vers le chalet. Il dormait encore. À voir ainsi ses boucles noires sur l'oreiller comme les cheveux d'un enfant, je me dis à moi-même que mon ami avait besoin comme moi — je passai une main inquiète sur ma nuque — de visiter le coiffeur. Et puis, quelle insouciance, ses vêtements traînaient partout dans la chambre, je me plaindrais à son réveil: «Si je n'étais pas là qu'est-ce que tu ferais? Tu as besoin d'une cravate propre, celle-ci est tachée d'encre...» Lui s'opposerait encore de sa grosse voix matinale: «Laisse-moi tranquille, une cravate pour faire du ski, mais tu es fou, non? Et si je ne veux pas me lever, moi? C'est bien mon affaire...»

— Tu ne vas pas sortir avec cette barbe, tu ne vas pas me faire honte devant tout le monde?

— Qui, tout le monde, nous sommes seuls, ici, va au diable, je vais laisser pousser ma barbe jusqu'au sol comme un ermite pour te choquer.

— Je ne voudrais pas être ta mère, disais-je plaintivement, quel garçon grossier...

— Au diable, j'ai dit, comme tu peux m'agacer le matin avec tes principes, tu es conventionnel comme un curé, un petit curé qui fait la leçon à tout le monde...

Quel étonnement lorsque je le voyais sortir de la chambre avec sa cravate respectablement nouée au cou, ses cheveux soigneusement brossés. Je le regardais avec éblouissement. Lui me dédaignait froidement en continuant son jeu:

— Tu as fini de sourire comme ça, imbécile?

Anna allait bientôt apparaître. Anna approchait. Paul ne l'attendait pas. Assis près de la cheminée, il nettoyait vigoureusement ses skis et, plein d'une fougueuse énergie, parlait de la mort avec légèreté. (Car il n'était question que de la mort dans les livres, celle qui ne vient pas.)

— Oui, une trappe qui s'ouvre peu à peu, le personnage sera pris. Non, plutôt, c'était comme une eau calme qui dort, le héros marchait vers un précipice...

— Je ne comprends pas, tu parles trop vite.

Il était si animé, parfois, si fier de ses idées qu'il puisait pourtant aux mêmes sources que moi, que ses phrases coulaient vives et intarissables, au point que j'en étais étourdi.

— Il faudrait que tu apprennes à articuler, Paul. Oui, je t'assure. C'est un grave défaut chez toi.

— Bon, je ferai attention. Tu es content?

Elle était là, tout près. Elle allait me le prendre.

* * *

— Non, ce n'est pas vrai, protestait-il, cette femme ne te sépare pas de moi. Au contraire, je vais m'enrichir à son contact et notre amitié n'en sera que plus forte...

— Je le sens, Paul, tu commences à changer...

— Écoute, dit-il, en touchant mon épaule comme un père s'adressant à son fils, je vais t'expliquer. Non, écoute. Tu crois peut-être que je suis une brute et que je ne pense jamais aux choses sérieuses? Mais moi aussi je pense et après avoir beaucoup réfléchi, je t'apporte mes conclusions... Notre amitié a toujours été si naturelle et si familière que si, pour toi ou pour moi, elle ne se transforme jamais en amour, il faut que cela se passe naturellement et familièrement aussi. Tu es d'accord? Je vois que tu ne l'es pas. Mais laisse-moi continuer. Nous sommes très liés, pourquoi le serions-nous davantage? Il ne me manque rien avec toi, je ne veux rien de plus. Tu comprends? Non? Tu dis parfois que j'ai peur... Oui, c'est peut-être vrai. La façon dont tu m'es familier est si tranquille et si agréable que je ne veux pas qu'un lien nouveau le change. Je ne connais rien encore de ces choses, comme tu sais très bien (mentait-il ou non?) — ne rougis pas mon vieux nous pouvons tout nous dire, mais il me semble, il me semble seulement, je te répète que le désir est une chose lourde, et l'accomplissement du désir, une chose exquise, oui, mais qui risque elle aussi de devenir lourde. Ai-je raison ou suis-je seulement un vilain prétentieux?

— Tu as certainement beaucoup lu, lui dis-je.

— J'ai l'impression de dire des choses idiotes. J'en suis même presque sûr.

— Oui, tu en dis bien quelques-unes, mais pas trop. Continue.

— Je voudrais une tasse de thé, pas toi?

Il fit le thé tout en parlant. Chacun de ses gestes m'émouvait, car il était libre.

— Alors, je continue puisque tu as la patience de m'écouter. Mais tu es plus intelligent que moi, je ne l'oublie pas. Affreusement intelligent, comme je disais à mon père. Mais où en étais-je? Ah! oui, on ne le croirait pas à me regarder mais j'ai des délicatesses, bien qu'en général ma mère dise que je sois plutôt rude.

— Continue, je te prie.

— Le thé me distrait, ce n'est pas ma faute.

Il poursuivit enfin, me voyant impatient:

— Oui, c'est compliqué. Nous aurions besoin d'aide. Toi et moi. Les émotions, c'est compliqué. Mais je veux t'expliquer ceci: ce serait peut-être bien charmant de céder à ton désir, tu es jeune et ardent, il y a des gens qui te trouvent beau, moi je ne te trouve ni beau ni laid, à peu près comme moi, un peu plus intéressant peut-être, les traits plus fins (continue, lui criais-je) et puis qui sait si avec le temps, l'habitude, l'intimité, je ne deviendrai pas moi aussi la plus désirante des créatures à ton égard... Supposons donc tout cela. Eh bien, là, comme ailleurs, c'est dangereux. Les sens, le désir, c'est même très dangereux.

— C'est tout ce que tu trouves à dire?

— Bois ton thé et tais-toi. Toutes les liaisons sont dangereuses. La possibilité d'une liaison avec une femme ne serait pas sans me troubler un peu. Mais je n'en suis pas là, Dieu merci! («Arrogant, dis-

je, les dents serrées... quel arrogant, je vais le punir.»)
Mais où en suis-je exactement?

—À moi.

—À nous. Oui, eh bien, nous prendrions un grand risque et ce serait celui de devenir détestables et satisfaits comme le sont beaucoup de maris et de femmes dans le monde. Regarde mes parents. Ils se sont aimés. C'est vrai. Ils s'aiment encore. Mais il y a en eux tous les défauts de l'amour qui a trop duré...

— Mais je ne serais pas ton mari, idiot!

— Ah! non, mais tous les amants se ressemblent. Qui sait, je deviendrais un jour comme l'un de ces maris accablés... Oui, l'un de ces amants sans passion (car la passion se perd, non?) dont le cœur est rempli de sécheresse... Ah! non, je ne veux pas.

— Mais si cela était éphémère?

— Frédérik, je ne veux pas prendre la responsabilité de te faire un mal irréparable. Je ne connais pas mes sens, ni toi d'ailleurs, tu en as bien la preuve, et je ne sais où cela pourrait me diriger.

— Ah! tu es trop innocent pour comprendre.

— Attention, dit Paul, attention. Tu peux te tromper. Ton ignorance de moi te protège. Mais qui sait ce qu'il y a de l'autre côté... Un ange? Une bête? De l'autre côté de l'âme, Frédérik?

— L'âme, que veux-tu que cela me fasse en ce moment?

— Tu as besoin de boire du thé, dit-il doucement et il posa sa main rapide sur ma joue en passant.

Oh! Comme il y a longtemps de cela. Je suis devenu autre depuis. J'ai adopté ma solitude. J'ai oublié. Paul, que faire avec le temps, ta mort elle-même s'évanouit pour moi! Non, je mens. Car il faut si peu pour que je me souvienne. Ses parents. Sa maison, sa chambre, ses livres. Mon Dieu comment fuir sa présence à travers ce qu'il a aimé? «Et les Balzac, mon petit, non, ne partez pas... Je voudrais tant vous entendre... Parlez-moi de lui...»

Madame Robinson me suppliait de lui dire quelque chose:

— Oui, ce jour-là où il a remporté la course, dites-moi... Oh! ces petits détails de l'existence, comme les mères en sont friandes!

— Je regrette, mais je n'ai rien à dire.

— Vous avez une famille?

— Non.

— Personne?

— Personne.

— Il faut venir nous visiter. Mon mari et moi aimons beaucoup vous avoir avec nous.

— Je n'ai pas l'habitude de sortir. Je travaille beaucoup. Je veux obtenir une autre bourse avant septembre.

Je jugeais cette femme insensible et cruelle de ne pas comprendre mon refus. Je me rappelais combien Paul avait aimé sa mère, malgré sa rébellion (il m'a semblé souvent qu'il l'avait aimée sans même le savoir) et une intense jalousie, dont j'avais honte, me dévorait.

— Vous savez... On pense, dans la vie, parce que l'on a une famille, parce qu'on aime ses enfants, que cela est possible pour eux de vous aimer aussi, mais non, ce n'est pas du tout sûr, cela n'est jamais sûr.

— Je n'en sais rien, dis-je, j'ai vécu à l'orphelinat jusqu'à l'âge de treize ans. Ce n'est que par miracle que j'ai pu y échapper... Je ne sais pas de quoi vous parlez.

Quelle bassesse dans ces paroles! Je trahissais des sentiments humiliés que je n'avais jamais eu l'intention d'avouer à personne, ni même à Paul.

— Je vous demande pardon, dit-elle en me quittant, car son mari l'appelait.

L'un des enfants s'était blessé en jouant.

Paul parlait de me faire connaître Anna. Je refusais.

— Je t'en prie, Frédérik, sois un bon copain. Si tu refuses de la connaître, tu refuses de me connaître aussi, car elle est une partie de moi.

Pourquoi ces maladresses répétées, cette volonté aveugle de me mêler à des secrets que je ne pouvais pas partager? Ne comprenait-il pas ce que j'éprouvais lorsqu'il me parlait ainsi? Était-ce par simple plaisir ou pour éprouver mon amitié qu'il réveillait chaque jour ce qu'il y avait de plus honteux en moi, cette jalousie stérile, cette colère dont le silence me dévastait des jours entiers. Oui, à quoi pensait-il lorsqu'il faisait de moi son témoin cruel et envieux?

— Tu sais, je crois que tu l'aimeras.

— Non, je n'aime pas les femmes riches.

— Tu n'aimes pas les femmes, point. Mais ça viendra. Tu as toujours été trop seul. Pour toi, c'est seulement une question d'habitude... Tu n'as pas l'habitude des gens, c'est tout.

— Tais-toi, je n'aime pas que l'on m'analyse. Et d'ailleurs que sais-tu de moi?

— Rien, tu as raison. Mais c'est bien ta faute, Frédérik, tu ne m'as rien dit.

— Et pourquoi le ferais-je?

— Ah! bon, puisque c'est comme ça, n'en parlons plus. Je ne te demande plus rien. Tu es content?

Je ne voulais plus le voir. Je lui expliquai mon besoin d'être seul, de terminer ma thèse en silence.

— Et qui veillera sur toi? Et qui te rappellera qu'il faut manger, comment il faut se vêtir quand il fait froid? Je n'aime pas te savoir tout seul dans ton grenier à manger du miel sur un morceau de pain... Quand je suis là, au moins, tu ne vis pas comme un animal...

— Je veux être seul. Essaie de comprendre.

— Je ne dis plus rien. Et moi qui me fais tant de soucis pour toi... Dommage...

Je mangeais peu. Je lisais beaucoup. Une flamme mystique brûlait au carreau de ma chambre. Au bout de trois jours, Paul apparut avec des chandails, des couvertures de laine, il venait réchauffer ce taudis, s'écria-t-il. Mes lectures le scandalisèrent.

— Et voilà ce que tu lis quand tu ne me vois pas! Ah! c'est beau, je reconnais bien là l'éducation que tu as reçue, et l'influence des prêtres qui ont veillé sur toi... *Vie de Jésus, Manuscrits Autogiographiques de Sainte Thérèse de l'Enfant Jésus, Initiation à la prière, Le Chemin de la Perfection*, mais qu'est-ce qui t'arrive mon vieux?

— Je rajeunis, c'est tout. Je retourne à la source. Je veux être simple.

— Tu me déconcertes vraiment.

— Ne t'avais-je pas demandé de me laisser seul? Que viens-tu faire ici?

Il fronça les sourcils:

— Oh! je venais comme ça, en passant, j'étais inquiet, oui, ta santé morale me troublait... Mais je vois que tout va bien, tu vis comme un moine... Je repars tout de suite, si tu veux...

— Tu peux rester un moment, un bref moment.

Il enleva ses souliers, sauta sur mon lit.

— Hum, ce n'est pas du tout un bon lit... quel supplice de dormir là-dessus!

— Descends de là!

Il obéit, se décida enfin à s'asseoir, croisa les bras:

— Mon vieux, je t'invite à dîner, avec nous, ce soir, oui, dans un restaurant merveilleux... Non, plutôt, c'est Anna qui t'invite...

— Mariée? demandai-je.

— Oui.

— Tu n'as aucun scrupule, vraiment.

— Elle a un petit garçon.

— C'est incroyable, un garçon comme toi, qui aurait cru?

Alors, il dit avec douceur, comme pour me convertir à son idée:

— Tu sais bien que la vie n'est pas aussi simple qu'on le voudrait. Vois-tu, c'est idiot. J'ai besoin de toi, car Anna, vois-tu, c'est ma complication...

— Une complication sublime vraiment, tu aurais pu l'éviter.

Mais je devais accepter l'invitation d'Anna.

* * *

— Anna est professeur de chant, peut-être te souviens-tu de l'avoir lu dans les journaux, elle a donné un concert au...

Paul me parlait d'elle avec fierté et cela me gênait. Souriante et douce, Anna écoutait. Je pouvais sentir entre eux le lien vivant de la passion, la solidité de leur amour. Ma présence était celle d'un intrus.

— Anna, Frédérik est fabuleux, il court... Il court divinement... il...

Je ne voyais soudain dans cette rencontre qu'un jeu social qui m'exaspérait. Paul parlait trop. Anna était trop silencieuse, un climat trop lourd nous enveloppait dans ce restaurant, et je commençais à me sentir à l'étroit dans mon costume.

— Du champagne, Frédérik?

— Non, merci, je ne bois jamais.

Anna était élégante et belle, et auprès d'elle, Paul lui aussi semblait élégant et beau. Il avait un air propre et soigné qu'il n'avait pas souvent avec moi. Le col de sa chemise étincelait de blancheur. Je n'osais pas lever les yeux vers Anna, je craignais le faux souvenir, la fausse apparence qu'elle laisserait en moi, avec son sourire étrange, la grâce de ses mouvements. Je remarquai simplement une ride à son front, sous les cheveux gris qui en voilaient la pâleur.

«Frédérik est timide, il vit toujours dans sa chambre. Il n'a jamais osé parler à une femme. Les jeunes filles de l'Université ne l'intéressent pas. Ses passions sont pures, violentes et mystiques...»

C'était là le portrait discret que Paul avait sans doute fait de moi à Anna. Car c'était encore à travers les traits de ce singulier jeune homme qu'elle semblait me voir.

— Oui, j'ai l'impression de vous avoir déjà rencontré...

Comment Paul pouvait-il être ému par cette voix un peu rauque? Que voyait-il sur les traits fatigués de cette Anna changeante (car elle était déjà moins belle), étrangère à lui, à son insouciance, à ses rêves?

— Et puis, elle pourrait être sa mère!

Nous traversions la ville à grands pas. Les voitures circulaient dans l'ombre.

— Oui, tu me déçois, disait Paul (il avait envie de pleurer), oui, tu me déçois beaucoup.

— Écoute, Paul, laisse-moi un peu de temps. Je

vais réfléchir. Je vais décider si je l'aime ou non. Et puis je te dirai.

Il marchait trop vite. Je ne pouvais pas m'accorder à son pas.

— Dommage pour toi si tu ne l'aimes pas! dit-il d'un ton rageur, et je vis qu'il préférait rentrer seul.

* * *

Quand je songe à ces petits événements aujourd'hui, je m'aperçois que je vivais dans l'erreur, hier. De quel droit demandais-je à Paul de renoncer à Anna? Même aujourd'hui où je me suis pourtant résigné à tout perdre, même ce que je n'ai jamais eu, il m'arrive encore d'arracher Paul au silence de la mort pour en faire le prisonnier de mes souvenirs, il m'arrive encore de désirer voir en lui un héros qu'il n'a jamais voulu être.

Si simplement j'avais pu me réjouir avec lui de l'amour qu'il éprouvait pour Anna! Mais j'en étais incapable. Je préférais me séparer de lui volontairement et cette séparation n'était pas nécessaire.

— Dommage, mon petit Frédérik, tu m'attristes beaucoup.

Sa compassion me perdait. Je n'avais plus la force de lui dire combien un peu pour me rapprocher de lui et le rapprocher de moi, je l'injuriais avec une franchise brutale, je lui faisais porter mon désespoir. Tout cela est irréparable. Paul m'a quitté sur ces paroles: «Je te plains, oui, je te plains beaucoup», et le lendemain j'apprenais sa mort, dans le journal. Désormais nous serions séparés, non par l'amour ou la haine mais par ces quelques paroles de pitié, car c'est la seule chose que je ne voulais pas de lui.

* * *

— Vous ne fumez jamais?
Le temps passa. Un dimanche après-midi, je me trouvai assis auprès des parents de Paul, dans une pièce envahie de blancheur et de soleil. Ce n'était pas un rêve. Sur le visage du père et de la mère, l'ébauche triste et courageuse de Paul (de ce Paul que j'avais connu) se précisait lentement.

— Que se passe-t-il? Vous ne vous sentez pas bien?

— Maman, maman, disait Marc, tout joyeux, il a attrapé la rougeole, il est tout rouge!

— Marc n'a aucune discrétion, dit le père. Monte à ta chambre, dit-il sévèrement.

— Mon mari pense que les enfants sont des adultes, dit la mère de Paul, en souriant.

— Mais il faut de l'ordre dans cette maison, dit l'homme, sans me regarder.

Ces paroles quotidiennes, cette vague dispute au sujet de l'éducation des enfants, me révélèrent une subtile différence, un certain éloignement entre ces deux personnes. Je comprends combien il était difficile pour les parents de Paul d'avoir vécu ensemble toutes ces années.

Ils s'aimaient encore, pensais-je, mais la passion était morte entre eux, seule une rude affection, une tendresse profonde avait résisté. Je pouvais aussi encore me tromper et juger trop vite selon mes humeurs. Cela n'était peut-être qu'un fragile aspect de ce couple, de leur vie, après tout...

— Oui, la jeunesse est bien pessimiste, aujourd'hui... Et vous ne semblez pas faire exception sur ce point.

— Oui, c'est vrai, mais pourqui serais-je optimiste? Il n'y a aucune raison de l'être, dis-je sèchement.

Mais soudain, disant ces paroles, le cœur durci d'égoïsme et de cruauté, je vis briller les larmes dans les yeux de Madame Robinson et je compris, mais il était trop tard, combien mon attitude avait été sauvage envers les parents de Paul qui, plus que moi, peut-être, avaient souffert de la perte de leur fils. Faible et affligé de ma conduite, je pensai qu'il était trop tard pour faire des excuses et je me levai pour partir.

— Où allez-vous? demanda la femme, tristement.

Il y avait ce sanglot étouffé dans ma gorge, mais je ne pouvais pas répondre. Je me sentis pâlir stupidement.

— Il reviendra, dit le père de Paul, non sans une curieuse tendresse qui me bouleversa.

Désormais je sais qu'ils sont là, eux qui ont souffert avec moi, d'une souffrance plus noble, peut-être, mais peu importe... ils sont là, les parents de Paul. Ils sont prêts à m'aimer comme le fils qu'ils ont perdu, mais pour moi il est trop tard pour toute chose. Il faut que je parte. Il y a peut-être un certain courage à livrer sa jeunesse à la mort, puisqu'il faut se livrer, de toute façon. Soit à l'amour, à Dieu ou à quelque humaine ambition, pourquoi ne pas se livrer simplement, aujourd'hui, à l'inconnu...

Hier, j'ai été frappé par une bande de voyous en rentrant du cinéma. C'était la pire humiliation à subir devant le père de Paul qui, par quelque malheureux hasard, me rencontra. Il n'y avait aucune raison pour me frapper. Je n'avais jamais vu ces jeunes gens. Les soirs d'été, je crois toutefois avoir entendu se déchaîner leurs motocyclettes sur l'asphalte brûlante. Mais les enfants en délire ont besoin de victimes lorsqu'ils jouent aux meurtres. Et je passais par là. Pourquoi pas moi? Je venais précisément de penser, en longeant ce mur, que comme un soldat sans espoir, j'allais assister à ma propre exécution, et soudain, ils me frappèrent à coups de bâtons, et il me sembla même entendre se décharger une arme, au loin, et tout près, tout près, une balle funèbre fit éclater mes tempes sifflant doucement: «Frédérik, ton tour est venu.»

Alors j'ai pensé à Paul. Et silencieusement, je lui ai dit adieu. Ma jeunesse m'a quitté. Je n'étais plus triste.

Fin

Table

Le jour est noir

Prologue	9
Première partie	24
Deuxième partie	65
Troisième partie	75
Quatrième partie	80
Cinquième partie	96
Les retours	106
Épilogue	117

L'insoumise

Première partie	121
Deuxième partie	187
Troisième partie	227

Œuvres de Marie-Claire Blais

Romans

La Belle Bête, Institut littéraire du Québec, 1959
Tête blanche, Institut littéraire du Québec, 1960
Le jour est noir, Éditions du Jour, 1962
Une saison dans la vie d'Emmanuel, Éditions du Jour, 1965
L'Insoumise, Éditions du Jour, 1966
David Sterne, Éditions du Jour, 1967
Les Manuscrits de Pauline Archange, Éditions du Jour, 1968
Vivre! Vivre! (Tome II de *Les Manuscrits de Pauline Archange*), Éditions du Jour, 1969
Les Apparences (Tome III de *Les Manuscrits de Pauline Archange*), Éditions du Jour, 1970
Le Loup, Éditions du Jour, 1972
Un joualonais sa joualonie, Éditions du Jour, 1973
Une liaison parisienne, Stanké/Les Quinze, 1976
Les Nuits de l'Underground, Stanké, 1978
Le Sourd dans la ville, Stanké, 1979
Visions d'Anna, Stanké, 1982
Pierre —La Guerre du printemps 81, Primeur, 1984

Théâtre

L'Exécution, Éditions du Jour, 1968
Fièvre et autres textes dramatiques, Éditions du Jour, 1974
L'Océan suivi de *Murmures,* Les Quinze, 1977
La Nef des sorcières, Les Quinze, 1976

Récits

Les Voyageurs sacrés, HMH, 1969

Poésie

Pays voilés, Éditions de l'Homme, 1967
Existences, Éditions de l'Homme, 1967

Dans la collection «Boréal compact»

1. Louis Hémon, *Maria Chapdelaine*
2. Michel Jurdant, *Le Défi écologiste*
3. Jacques Savoie, *Le Récif du Prince*
4. Jacques Bertin, *Félix Leclerc, le roi heureux*
5. Louise Dechêne, *Habitants et Marchands de Montréal au XVIIe siècle*
6. Pierre Bourgault, *Écrits polémiques*
7. Gabrielle Roy, *La Détresse et l'Enchantement*
8. Gabrielle Roy, *De quoi t'ennuies-tu Évelyne?* suivi de *Ély! Ély! Ély!*
9. Jacques Godbout, *L'Aquarium*
10. Jacques Godbout, *Le Couteau sur la table*
11. Louis Caron, *Le Canard de bois*
12. Louis Caron, *La Corne de brume*
13. Jacques Godbout, *Le Murmure marchand*
14. Paul-André Linteau, René Durocher, Jean-Claude Robert, *Histoire du Québec contemporain* (Tome I)
15. Paul-André Linteau, René Durocher, Jean-Claude Robert, François Ricard, *Histoire du Québec contemporain* (Tome II)
16. Jacques Savoie, *Les Portes tournantes*
17. Françoise Loranger, *Mathieu*
18. Sous la direction de Craig Brown, Édition française dirigée par Paul-André Linteau, *Histoire générale du Canada*
19. Marie-Claire Blais, *Le jour est noir* suivi de *L'Insoumise*
20. Marie-Claire Blais, *Le Loup*
21. Marie-Claire Blais, *Les Nuits de l'Underground*
22. Marie-Claire Blais, *Visions d'Anna*